小丑之花

文洁若 译

[日] 太宰治 著

图书在版编目（CIP）数据

小丑之花 /（日）太宰治著；文洁若译. 一 重庆：重庆出版社，2021.2
ISBN 978-7-229-15615-2

Ⅰ.①小… Ⅱ.①太… ②文… Ⅲ.①短篇小说—小说集—日本—现代 Ⅳ.①I313.45

中国版本图书馆CIP数据核字（2020）第252041号

小丑之花

[日] 太宰治 著 文洁若 译

出　品：华章同人
出版监制：徐宪江 秦 琥
责任编辑：何敬茹
营销编辑：史青苗 刘 娜
责任印制：杨 宁
封面设计：崔晓晋

重庆出版集团
重庆出版社 出版

（重庆市南岸区南滨路162号1幢）
投稿邮箱：bjhztr@vip.163.com
北京联兴盛业印刷股份有限公司 印刷
重庆出版集团图书发行有限公司 发行
邮购电话：010-85869375/76转810
重庆出版社天猫旗舰店
cqcbs.tmall.com
全国新华书店经销

开本：850mm×1168mm 1/32 印张：4.75 字数：67千
2021年5月第1版 2021年12月第2次印刷
定价：42.00元

如有印装质量问题，请致电023-61520678

版权所有，侵权必究

昭和16（1941）年，太宰在位于东京三鹰的住宅附近。

昭和15（1940）年，在东京商大以"近代之病症"为题演讲的太宰。

津岛家兄弟离家时合影,前排左起:三兄圭治,长兄文治,次兄英治。后排左起:弟弟礼治、太宰。

青森中学时代的太宰治。

昭和22（1947）年，太宰治自画像。

太宰治的油画,图中模特为太田静子女士。太宰治的《斜阳》改编自太田静子日记,是书中"和子"的原型。

上图：原文为《古今和歌集》里大江千里的和歌。杨烈先生译为："见月遂悲秋，心伤何太甚。秋非我独私，月亦非群品。"太宰治选用了该和歌的后半部分。

左图："婶婶说：'你长得不漂亮，所以得学会招人喜爱。'……"太宰治《叶》中的一段。

下图：文字为："也不积蓄在仓里　太宰治"，取自《马太福音》。

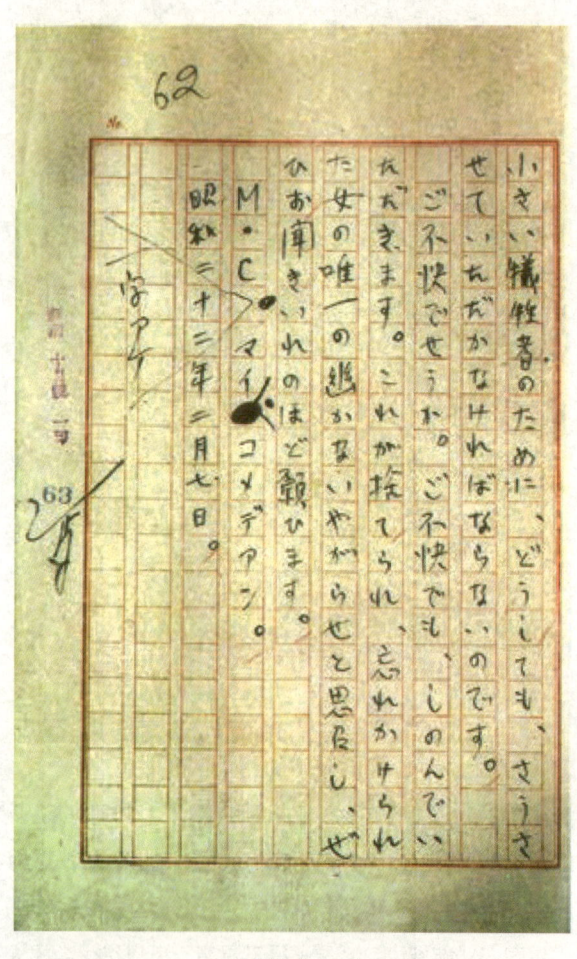

《斜阳》手稿

ございますから、あなたの奥さまに抱かせていただきたいのです。さうして、その時、私にかう言はせていただきます。
「これは、直治が、或る女のひとに内緒に生ませた子ですの。」
なぜ、さうするのか、それだけはどなたにも申し上げられません。いいえ、私自身にもなぜさう~~させていただきた~~いのか、よくわからないのです。でも、私は、どうしても、さうせていただかなければならないのです。直治といふあの

《斜阳》手稿

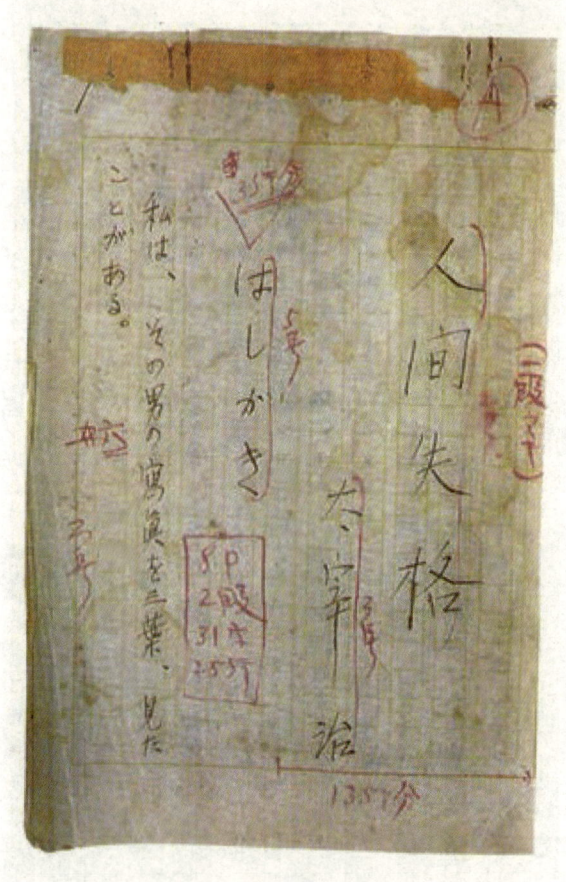

《人间失格》手稿

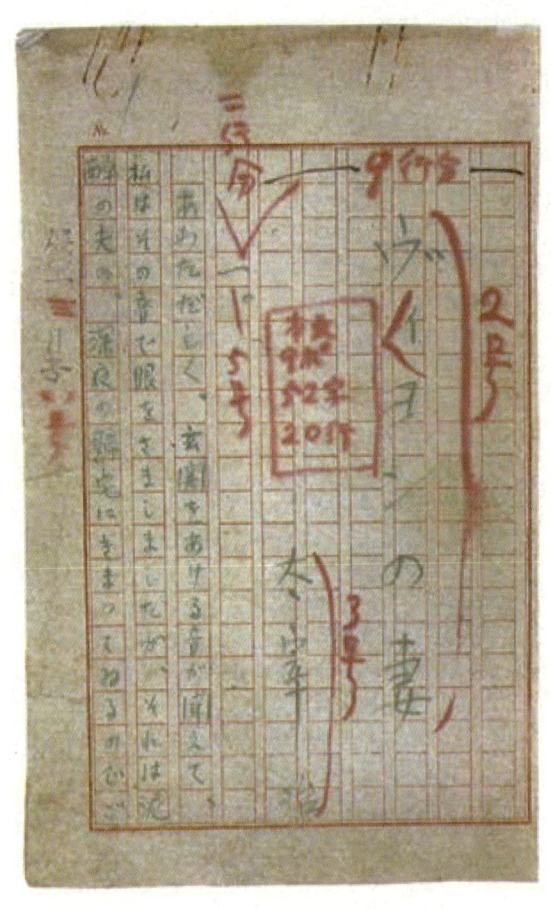

《维庸之妻》手稿

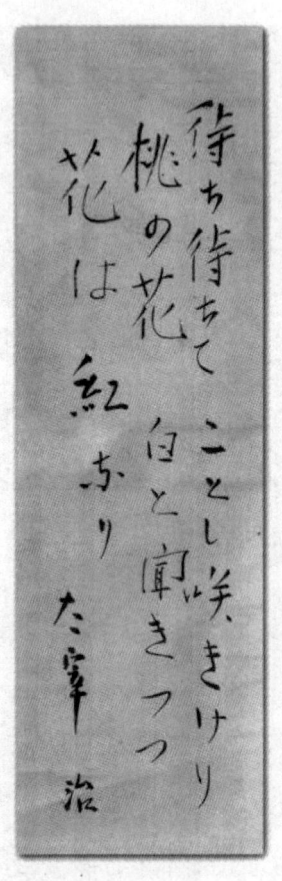

"日复一日,盼来今年桃花开,听闻是白色,哪知是红色。"太宰治自作和歌。

太宰治遺作《Good Bye》手稿

目录

小丑之花 / 1

猴脸青年 / 70

背道而驰 / 98

美男子与香烟 / 122

译者后记 / 132

小丑之花

> 经过此处,就到了悲伤之城。[1]

所有的友人都离开我,以悲愁的眼神凝视我。友人啊,跟我谈话吧,嘲笑我吧。唉,友人徒然转过脸去。友人啊,问我吧,我通通告诉你。我用自己的手,把阿园沉入水底。我以恶魔的傲慢巴望,我本人复苏时,阿园已咽气。再说下去吧。然而,友人只是以悲愁的眼神凝视着我。

大庭叶藏坐在床上,瞧着海面。由于下雨,海面上烟雾

---

[1] 引自但丁的《神曲》中地狱之门上的铭文。

迷离。

从梦中醒过来，我把这几行重新读了一遍，它们丑陋恶劣，我恨不得消灭掉。哎呀，且慢，别夸张。首先，大庭叶藏到底是怎么回事儿呢？不是由于喝酒，而是其他更强烈的东西使我如醉如痴，我就朝这位大庭叶藏鼓掌。这个姓名跟我的主人公恰好吻合。大庭彻底象征着主人公那不同凡响的气魄。总觉得"叶藏"蛮新颖而别致，使人感到是从古色古香中喷出来的真正的新颖。并且，"大庭叶藏"这四个字摆在一起有一种愉快的协调气氛。从这个姓名来看，已经是破天荒的了。要正是这位大庭叶藏坐在床上，瞧着烟雾迷离的海面，这不愈发破天荒了吗？

拉倒吧！自我嘲笑是卑劣的事儿。那似乎来自挫败了的自尊心。现在，我为了避免被人挑剔，首先往自个儿身上钉钉子。非得变得更纯朴不可。哎呀，要谦虚啊。

大庭叶藏。

被人嘲笑也无可奈何。模仿鹈鹕[1]的鸟。有本事认清的

---

1 鸟，鹈鹕的体长可达二米。翅膀大，嘴长，尖端弯曲，嘴下有一个皮质的囊，可以存食，羽毛大多白色。翅膀上有少数黑色羽毛。喜群居，善于游泳和捕鱼。

人，就能看透。也许还有更好的姓名，我却稍微嫌费事。蛮可以索性就用"我"，然而今年春天，我刚写了一篇以"我"为主人公的小说。接连两次用，挺害羞的。倘若我明天抽冷子咽气了，兴许会出现一个面泛自夸神气的奇妙汉子得意洋洋地追述说："那个家伙倘若不把'我'当作主人公，就写不了小说。"其实，只凭这个理由，我也要一意孤行，始终用大庭叶藏这个姓名。不适当吗？哪儿的话，连你也不过如此啊。

一九二九年十二月底，称作"青松园"、位于海滨的疗养院，由于叶藏入院略微引起了骚动。青松园有三十六位肺结核患者：两位是重症患者，还有十一位轻症患者，另外二十三位是恢复期的患者。叶藏住在东第一病区，可以说是特等护理病区。病区被划分成六间病房。叶藏这间病房两边的房间都是空的。最西侧的へ[1]号病房里住的是身材与鼻子

---

1 假名是两种并用的现代日语字母（平假名和片假名），代表日语的所有的语音，大约在9世纪时出现。以音节为单位，其字母表称五十音图。へ是五十音图中字母。

都蛮高的大学生，东侧的い[1]病房和ろ[2]号病房各住着一位女人，三位都是恢复期的患者。前一天晚上，在袂浦有一对男女殉情。是一起跳进去的，男子被驶回的渔船救起来，保住了性命，然而找不到女子。为了找那位女子，村庄里连续不断地敲警钟，消防员们乘上好多艘渔船到海面上去。三位患者心慌意乱地听他们的吆喝声。渔船上那红彤彤的火焰在江之岛[3]沿岸彻夜彷徨。大学生也罢，两位年轻女子也罢，整夜未成寐。黎明时刻，在袂浦的海边发现了女人的遗体，短发晶莹发亮，脸白净而浮肿。

叶藏知道阿园去世的事儿。渔船把他轻轻地摇晃着运回来时，他就已经知道啦。在星空下神志清醒过来，他首先问道："那位女子死了吗？"有一位渔夫答道："没死，没死，最好别担心。"总觉得这个渔夫的措辞充满了慈悲情怀。叶藏心神恍惚地想：死了吧。他再度失去知觉，重新醒来时，已经在疗养院里了。狭窄的白色墙壁的室内，人挤得满满当当的。其中的一位这样那样地打听叶藏的身世，叶藏

---

[1] い是五十音图中字母。

[2] ろ是五十音图中字母。

[3] 江之岛：神奈川县藤泽市片濑海岸附近的与陆地毗连的岛。

逐一明确地回答了。天亮以后，叶藏搬进另一间更宽敞的病房里。那是因为叶藏的家人们被告知他出了变故，他们急忙给青松园打了长途电话，谈及他的处置问题。叶藏的家乡离这儿有二百日里[1]。

东第一病区的三位患者，对这位新来的患者住在自己旁边这档儿事感到难以想象的满足。他们把今后的住院生活当作乐趣，在天空与大海都完全亮堂了的时候终于入睡啦。

叶藏未能成寐。有时缓慢地晃动着头。脸上这儿那儿，贴着白纱布。被波浪推推搡搡，东一处、西一处的岩石使他身上受了伤。一位姓真野、二十来岁的护士在护理他。左眼睑上有略深的伤痕，与另一只眼睛相比，左眼稍微大一些。然而她并不丑，红艳艳的上嘴唇有点儿翘起来，脸蛋儿是浅黑的。她坐在床旁的椅子上，眺望阴沉天空下的大海，竭力不瞧叶藏的脸。太可怜啦！不忍心瞧。

将近正午时，两位警察来探望叶藏。真野离开了座位。

两位都是穿着西服的绅士：一位的嘴上边留着胡子，另一位戴着钢框眼镜。留胡子的那一位低声询问跟阿园的内情。叶藏说明了事实真相。留胡子的把他的话写在小笔记本

---

[1] 日本的1里约合3.9公里。

上。大致询问之后，留胡子的好像要把身子压在床上般地说："女人已经死啦。你是不是打算死来着？"

叶藏闷声不响。

戴着钢框眼镜的那位刑事警察厚实的前额隆起两三道皱纹儿，边微笑边拍了拍留胡子那个人的肩膀："算了，算了。怪可怜见儿的，以后再说吧。"

留胡子的人直勾勾地紧盯着叶藏，勉勉强强把笔记本放进外衣兜儿。

刑事警察们离去后，真野赶紧回到叶藏的屋子。然而，刚一打开门，只见叶藏正在低声哭泣。她遂轻轻地关上门，在走廊里站了好久。

下午，下起雨来啦。叶藏的精力已经恢复到能够独自上厕所。

朋友飞弹穿着湿漉漉的外套就闯进了病房。叶藏假装入睡了。

飞弹小声向真野打听："不要紧吗？"

"啊，已经不要紧了。"

"实在使我惊讶。"

他那肥胖的身材显得松松垮垮。他脱下那件发出黏土臭气的外套，交给真野。

飞弹是无名的雕刻家，跟同样无名的西洋画家叶藏是中学时期以来的友人。一个人只要是有纯朴的心，年轻时准想把自己身旁的某人树立成偶像。飞弹也是这样的。刚一进中学，他就对全班成绩最优秀的同学越看越神往——成绩最优秀的是叶藏。上课时，叶藏只要笑了一下，对飞弹而言，就非同小可。当他在操场的沙堆后边儿瞧见了叶藏那少年老成的孤独身影时，暗中深深地叹气。唉！而头一次他跟叶藏交谈的那一天，何等欢喜啊。飞弹处处都仿效叶藏：抽烟、嘲笑教师，还学会了双手在脑袋后面交叉起来，在操场上东倒西歪地徘徊着走。他知道了为什么艺术家最卓越。叶藏进了美术学校。尽管晚了一年，飞弹还是跟叶藏进了同一所美术学校。叶藏学的是西洋画，飞弹却故意选择了塑像系。他说，这是由于被罗丹[1]的《巴尔扎克像》弄得感激涕零。其实，他是为了在功成名就的那一天，给自己的经历添上点儿故弄玄虚的成分，才这么胡说八道的。实际上，面对

---

1 罗丹（1840—1917），是法国雕刻家，在20世纪初已驰名全世界。他的巴尔扎克雕像，由于意见分歧，直到1939年才在巴黎蒙特马特尔区的十字路口立起来。

着叶藏的西洋画，他自惭形秽，认为自己不如叶藏。在那时，他们两个人，终于走上了不同的道路。叶藏的身体越来越消瘦了。飞弹呢，逐渐肥胖起来。两个人不仅在这一点上有差距。叶藏强烈地爱上了一种直截了当的哲学，竟瞧不起艺术了。飞弹却有点儿太欢天喜地啦，总是念叨艺术这个词儿——弄得听的人反而难为情，经常梦想创作出杰作，对学习却不认真。毕业时，两个人的成绩都不好。叶藏几乎丢弃了画笔，他说绘画充其量是宣传画而已，这使飞弹垂头丧气。一切艺术都是社会经济机构放的屁，只不过是生产力的一种形式，无论什么样的杰作，仅只是跟袜子一样的商品：他含糊其词说的话，使飞弹如堕五里雾中。飞弹一如既往地喜欢叶藏，对叶藏近日的思想也模模糊糊地感到敬畏。然而，飞弹那巴望创作出杰作的冲动，比什么都强烈，他边想"快啦，快啦"，边只是心神不定地鼓捣着黏土。总之，他们两个人与其说是艺术家，毋宁说是艺术品。哎呀，正因为这样，我才能够如此很容易地叙述。如果写的是市面上真正的艺术家，诸位还没看三行就会呕吐吧。我敢保证会这样。顺便问问，你想不想试着写这样的小说？怎么样？

飞弹也瞧不见叶藏的脸。他尽可能灵巧地悄悄走到叶藏的枕旁，仅是直勾勾地眺望玻璃窗外的雨势而已。

叶藏睁开眼睛，边微笑边打招呼道：

"你吃惊了吧？"

飞弹吓得朝叶藏的脸一瞥，立刻朝下看着，回答道："嗯。"

"是怎么知道的？"

飞弹犹豫着。他把右手从裤兜里伸出来，用眼神暗中问真野，能告诉他吗？真野脸上流露出严肃的表情，略微摇了摇头。

"是不是登在报纸上了？"

"嗯。"实际上，是从收音机中收听到的。

叶藏厌恶飞弹那暧昧不明的态度，他认为蛮可以更融洽一些。叶藏恨这个十年来的朋友，因为一夜之间这个朋友的态度就完全变了，把叶藏当成外国人了。叶藏再度假装入睡。

飞弹百无聊赖地用拖鞋啪嗒啪嗒地踹地板，在叶藏的枕边站了一会儿。

门静静地开了，一个穿制服、身材矮小、脸蛋英俊的大学生突然出现啦。飞弹瞧见后，松了一口气，甚至于想赞叹。他歪着嘴角把浮现在脸蛋儿上的微笑隐去，故意以从容不迫的步调，向门走去。

"是刚到的吗？"

"是啊。"小菅一边注意叶藏的动静，一边焦急地说。

他叫小菅，是叶藏的亲戚，在大学攻读法律系。尽管比叶藏小三岁，却是叶藏亲密无间的朋友。新型的青年好像不怎么拘泥岁数的问题。由于放寒假，他回故乡去了，听说叶藏的事儿后，就乘快车飞奔而来。他们俩到走廊里，站着闲谈。

"粘了煤屑儿。"

飞弹明目张胆地哈哈大笑，指着小菅的鼻子下边儿。火车的煤烟在那儿薄薄地粘着。

"是吗？"小菅连忙从胸前的衣兜里掏出手绢儿，赶紧搓了搓鼻子下边儿。

"怎么样？是怎么个情况？"

"大庭吗？似乎不要紧。"

"好啊。——掉了吗？"

他把鼻子使劲儿伸过去，让飞弹瞅。

"掉啦，掉啦。——家里混乱得一塌糊涂了吧？"

小菅一边把手绢儿塞回胸前的衣兜里,一边回答:"嗯。闹得天翻地覆,仿佛在举行葬礼。"

"有人从家乡来吗?"

"哥哥要来。爸爸说:别理他。"

"这是个重大事件。"飞弹用一只手按着低矮的前额,嘟哝道。

"小叶真不要紧吗?"

"意想不到的是,他并不在乎。那小子向来是这样的。"

小菅心醉神迷般地在嘴角含着微笑,歪着头:"他的情绪究竟怎么样呢?"

"不晓得。——想见一见大庭吗?"

"不见啦。见了也无话可说。而且——我害怕。"

他们俩低声笑起来啦。

真野从病房里走出来了。

"听得见。可别站在这儿说话了。"

"啊,过意不去。"

飞弹感到非常羞愧,竭尽全力缩小自己那高大的身子。小菅露出不能理解的神情窥视真野的脸。

"您二位吃午饭了吗?"

"还没有。"他们俩同时回答。

真野飞红了脸,扑哧地笑了出来。

三个人一起到饭厅去了。叶藏遂起床。

  经过此处,就到了空蒙的深渊。[1]

  下面回到开头的情节。连我本人都意识到写得笨拙。首先,不喜欢像这样操纵时间这个诡计。虽然不喜欢,还是尝试了一下。"经过此处,就到了悲伤之城。"我想把平素说惯了的对地狱之门的赞叹推崇为一行光荣的开头语。此外,没有理由。倘若这一行使我的小说失败了,我也无意胆怯到把它抹杀。为了使读者理解,再写一句,抹杀这一行,就是抹杀我至今的生活。

  "是思想啦,你听说过马克思主义吧。"

  这句话说得愚蠢。蛮好。话是小营说的。他以得意的神气说罢,换一只手来拿那碗牛奶。

---

1 引自但丁《神曲》中地狱之门上的铭文。

四面木板墙上涂着白油漆。东侧的墙上，高高地挂着院长的肖像画，胸前佩戴着三个铜币大的勋章。下边儿静悄悄地排列着约莫十张细长的桌子。饭厅里空落落的。飞弹与小营在东南角的桌子跟前落座，就餐。

"他参加活动得太猛烈啦。"小营低声说下去，"身子骨儿衰弱，到处乱跑，就巴不得死掉拉倒。"

"他是行动队的队长吧，我知道。"飞弹一边咀嚼面包，一边插嘴道。飞弹并不是自诩博学。那时的青年都知道左翼的用语。"不过，不仅是这样，艺术家可没那么坦率。"

饭厅阴暗下来了，因为雨越下越大了。

小营喝了一口牛奶，说："你只会主观地考虑问题，所以不行。说起来——我的意思是：说起来！据说，凡是自杀的人是由于潜藏着本人没意识到的重大客观原因。家乡的人们全认定怪那个女人。我却对他们说，不是这么回事儿。女人不过是个伴儿，另外还有重大的原因，家乡的人们不知道。连你都说一些莫名其妙的话，不许这样。"

飞弹直勾勾地望着身边那燃烧着的炉子，嘟哝道："不过，那个女人是有丈夫的呀。"

小菅撂下那碗牛奶，回答道："知道。这样的事儿，不算什么。对小叶来说，这是无足挂齿的事儿。正因为女人有丈夫才跟她情死，头脑未免太简单了吧。"说罢，他闭上一只眼睛，瞄着头上的肖像画："他是这儿的院长吧？"

"是吧。然而，只有大庭才知道真正的情况。"

"可不是嘛。"小菅爽快地表示同意，并且瞪着眼睛四下张望。"好冷。你今天在这儿过夜吗？"

飞弹连忙咽下面包，点了点头："过夜。"

小伙子们一向不认真地辩论。他们相互最大限度地当心不触犯对方的神经，而且慎重地保护自己的神经。他们不愿意徒然受到侮辱。何况，只要受到伤害，他们准会过度地思虑：要么杀死对方，要么自己死掉。因此，他们不愿意争论。他们知道许多不疼不痒、愚弄人的话。哪怕是一个否定的词儿，都能针对不同的对象灵活运用十种表达方式。还没开始议论，他们已预先交换了妥协的眼神。而且，最后一边笑嘻嘻地握手，一边双方都暗自这么嘟哝：你这个蠢材！

看起来，我的小说也逐渐不着边际啦。在这儿旋转一次，展开几个全景式千变万化的景象吧。我没有吹牛。我这个人，无论做什么都笨拙。啊，倘若凡事都顺利就好了。

次日清晨，天晴了，阳光和煦。海上无风无浪，大岛的火山喷出来的白烟在水平线上冉冉升起。这可不好，我厌恶描写风景。

い号病房的患者醒了，只见室内春光灿烂。她跟护理自己的护士彼此道早安后，立刻量了早晨的体温——三十六度四，随后就到阳台做进餐前的日光浴。护士还没有悄悄地捅她的侧腹，她就已经偷偷儿瞧に号病房的阳台啦。昨天来的新患者整整齐齐地穿着藏青的碎白花纹儿的夹和服，坐在藤椅上，眺望着海。他似乎觉得晃眼，皱起粗眉。她不认为那张脸英俊。他有时用手背轻轻地拍脸蛋儿上的纱布。她躺在做日光浴用的折叠床上，眯缝着眼睛观察了这些，然后请护士拿一本书来——《包法利夫人》[1]。平时，她认为这本书无聊，读了五六页，就把它丢弃了，今天却巴望认真地读。她思忖：今天读这本书，是实在适合的。她哗啦哗啦地翻动书页，从大约一百页开始读。读到写得蛮精彩的一行："艾

1　《包法利夫人》是法国作家福楼拜（1821—1880）写的长篇小说，1857年问世，是福楼拜的代表作。女主人公艾玛是一个农村少女，嫁给一个无能的农村医生做续弦。她的环境使她每况愈下，一步一步堕落成为淫妇。在高利贷的压迫与人情世故的冷落下，她最终自杀。

玛希望半夜里借着火把的光出嫁。"

ろ号病房的患者也醒了。为了做日光浴，她到阳台上去了，抽冷子瞧见叶藏的身影，又跑回病房。无缘无故地恐惧不安，她马上蜷缩在床上。照料她的妈妈一边笑，一边给她盖上毯子。ろ号病房的少女用毯子蒙住头，在小小的黑暗中目光炯炯地仔细听隔壁病房的谈话声。

"似乎是个美人儿。"接着就是窃笑声。

原来飞弹和小菅在病房里过夜呢。他们俩睡在隔壁空病房里的单人床上。小菅先醒了，他抑郁地睁开细长的眼睛，到阳台上去了。他从侧面瞥了一眼略微装模作样地摆好了姿势的叶藏。于是，向左转过头去，寻觅摆姿势的原因。有一位年轻女子在尽头的阳台看书呢，长了绿苔、湿漉漉的石墙是她的床的背景。小菅像西洋人那样使劲儿耸了耸肩，马上回到病房，把正在睡觉的飞弹摇醒。

"起来吧，发生了事件。"他们就爱假造事件。"小叶的大姿势。"

他们谈话时，再三使用"大"这个形容词。也许是因为在这个寂寞无聊的人世，巴不得有个足以期待的对象。

飞弹惊慌失措，猛然起床。"什么事儿？"

小菅边笑边告诉他："有一位少女。小叶正在向她显摆自鸣得意的侧脸呢。"

飞弹也兴高采烈了。他把双眉夸张地使劲儿往上一扬，问道："是个美人儿吗？"

"好像是个美人儿，假装看书呢。"

飞弹扑哧地笑出来了。他坐在床上，穿上衬衫和西服裤，呼喊道："好！要好好儿教训他一顿。"其实，他无意教训人。这不过是暗中说坏话。连契友的坏话他们都大大咧咧地背地里说。至于怎么说，要根据当场的情况而定。

"大庭这小子，巴望把全世界的女人一股脑儿弄到手。"

过了一会儿，众人在叶藏的病房里同时大笑，传遍病区里每一间病房。い号病房的患者吧嗒一声合上书，纳闷地眺望叶藏的阳台那边儿。阳台上只剩一把在旭日下发光的白色藤椅，一个人也没有。患者盯视着藤椅，迷迷糊糊地打盹儿。ろ号病房的患者听见了笑声，猛可地从毯子下面伸出脸，跟站在枕边的妈妈相互温和地微笑着。へ号病房的大学生因笑声而醒了。大学生没人护理，过的恰似住公寓一般悠闲逍遥的日子。他理会到笑声来自昨天新来的患者的病房，那张苍黑色的脸蛋儿泛出红晕。在这里，大家不认为笑声是轻率的。康复期的患者凭借自己特有的宽容厚道，因叶藏精神焕发而心情安定。

难道我是三流作家吗？大概过于心荡神驰了，不能正确估计自己的本事，竟然搞什么全景画[1]，终于如此摆臭架子。不，等等。估计可能这么失败，我预先准备了一句话：人往往用纯洁的感情，写出恶劣的文学作品。总之，我这样过于神志恍惚，正是由于我的心不那么像魔鬼。啊，祝愿想出这句话的人幸福。这是何等珍贵的话呀！然而，这句话，作家一辈子只能用一次。好像的确是这样。一次嘛，蛮可爱。倘若你两次三次反复用，这句话被当作口实，恐怕会落个悲惨的下场。

"失败啦。"

跟飞弹挨着坐在床边儿的沙发上的小菅这么说罢，挨个儿环视飞弹的脸和叶藏的脸，以及靠着门而站的真野的脸。看清楚大伙儿都在笑，遂好像满意了，把头十分疲乏般地搭

---

[1] 全景画（panorama）在视觉艺术中指连续性的叙事场面或风景，按照一定的平面或曲形背景绘制，与布景或舞台面相似，在观众与圆筒内墙之间布置逐渐与画面融为一体的实物，或是使用间接照明，让人错觉亮光来自画面本身。全景画的高级形式是中国和日本的纸或绢画卷。

在飞弹那蛮圆的右肩膀上。他们动不动就笑，哪怕是不足挂齿的事儿，也捧腹大笑。对青年们而言，脸上现出笑容就跟吐气一样容易。是什么时候养成这个习惯的呢？不笑会吃亏。笑时，任何微不足道的对象都不要忽略。唉！莫非这才是贪婪的美食主义那虚幻的一鳞半爪么？不过，遗憾的是他们不能由衷地笑。哪怕笑得走了样儿，还介意自己的姿势。而且，他们动辄就逗人笑。哪怕伤害自己，也要逗别人笑。这反正出于虚荣的心理。然而，莫非可以推察出越想越钻牛角尖的过度思虑？牺牲的精神。有点儿马虎、没有坚定目标的牺牲精神。按照迄今的道德标准来衡量，他们的所作所为能够如此卓越，甚至说得上是美谈，统统源于隐蔽的牺牲精神。这些是我的独断想法，并且不是在书斋里想出来的，一股脑儿是听我本人的身体念叨的想法。

　　叶藏依然笑着，坐在床上，两条腿来回晃荡。他一边惦记脸蛋儿上的纱布，一边笑着。难道小菅的话那么可笑吗？我在这儿插进几行文字，作为他们对什么样儿的事儿感兴趣的一个例子。这次小菅在放假时，到离故乡市镇三里远的山中一个温泉浴场去滑雪，在那儿的客栈住了一夜。深夜，上厕所的半道儿上，在走廊里跟也在这儿过夜的年轻女子擦肩而过。如此而已。不过，却成了蛮大的事件。对小菅而言，尽管只是擦肩而过，务必给那个女子不寻常的美好印象不可，否则心里不舒畅。他并不指望什么。在擦肩而过的那一瞬间，他却全神贯注地摆出一个姿势，颇庄重地对人生抱起某种期盼。一刹那间，开动脑筋思索即将与那个女子打交道的一切细节，为此肝肠寸断。他们每一天至少经历一次如此喘不过气儿来的瞬间。因此，他压根儿不敢麻痹大意。哪怕是一个人时，也摆出端正的姿势。据说，就连小菅深夜上厕所的时候，也整整齐齐地穿着自己新做的那件蓝色大衣到走廊上去。小菅跟那位年轻女子擦身而过后，由衷地想：太好啦，穿着大衣出来，可太好啦。他松了一口气，步行到走廊尽头的大镜子跟前，照了一下。这才知道自己出了洋相。在大衣下边儿，露出了穿着肮脏的裤衩的两条腿。

"啊呀，"小菅面带笑容说，"我的裤衩皱巴巴的，能瞧见腿上黑乎乎的毛。脸呢，睡得都肿起来啦。"

叶藏内心里没怎么笑，他认为也许是小菅虚构的故事。然而，他还是大声笑给小菅听。最近朋友不一样了，竭力跟叶藏亲切交谈。为了报答小菅的关怀，叶藏特意捧腹大笑。既然叶藏笑了，飞弹与真野也就笑啦。

飞弹无忧无虑了。他认为什么都可以说了，却又抑制自己。还没到时候，他一个劲儿地磨蹭。

情绪高涨的小菅反而脱口而出："咱们跟女人打交道会失败的。小叶不是也失败了吗？"

叶藏又一边笑着，一边左思右想。

"是这么回事儿吗？"

"是。可不能死。"

"是失败了吗？"

飞弹欣喜得激动不已。在微笑中已经把最困难的石墙弄塌了。这难以想象的成功统统凭借小菅那无比高尚的情操。于是，飞弹意识到有种想紧紧地拥抱这位忘年交的冲动。

飞弹愉快地舒展开淡淡的眉毛，结结巴巴地说："我认为，究竟是不是失败了，一言难尽。首先，不知道个中原因。"说罢想到：糟啦！

小菅立即救助了他。"明白啦。我曾跟飞弹激烈地争辩过一番。我认为这是由于思想上陷入了僵局。飞弹这小子摆臭架子，说什么'另外还有呢'。"飞弹间不容发地回应："你说的固然有道理，但不仅是这样。总之，是迷恋上了那个女人。不可能跟自己讨厌的女人一道去死。"

他不愿意让叶藏猜测,所以没考虑措辞,反而连本人听上去都觉得口气是天真烂漫的。他暗中放了心:好极啦!

叶藏垂下蛮长的睫毛。骄傲、懒惰、谄媚、狡猾、败德之窝、疲倦、愤怒、杀人的念头、自私自利、脆弱、欺瞒、病毒……纷纷涌上他的心头。他思忖:说出来算啦。遂存心垂头丧气地嘟哝道:"说实在的,我也不明白。只觉得什么都是原因。"

"明白啦,明白啦。"叶藏还没说完,小菅就点头表示同意,"是有这种情况。告诉你,护士躲避了。是不是机灵地走开啦?"

前面我已经说了个头儿。他们的辩论与其说是彼此交换思想,毋宁说是为了当场把周围的气氛与情调安排得使人感到舒畅。一句真话也不说。然而,听了一会儿,有时会有意想不到的收获。他们那装模作样的用词经常产生纯朴到使人不禁愕然的效果。不慎说走了嘴的话,才包含真实的内容。现在叶藏嘟哝的"什么都是原因",莫非这才是他不慎说走了嘴的肺腑之言不成?他们心中只有浑沌以及莫名其妙的抗拒。要么,不如说"只有自尊心"更适当一些,并且是易于引起反应的自尊心。无论多么微弱的风吹过来都会打哆嗦。

只要确信受到了侮辱，就难过得巴不得死掉。当叶藏被询问自杀的原因时，也难怪他感到了困惑。——什么都是原因。

那一天的下午，叶藏的哥哥到达了青松园。哥哥长得不像叶藏，仪表堂堂，心广体胖，穿着裙裤。

当院长领他到叶藏的病房前时，听见了房内爽朗的笑声，哥哥佯装没听见。"是这儿吗？"

"欸，已经康复啦。"院长边这么回答，边打开了门。

小菅惊讶地从床上跳下来啦，他顶替叶藏躺在床上来着。叶藏与飞弹并肩坐在沙发上打扑克呢，两个人都赶紧站起来啦。真野坐在病床上的枕头旁边儿的椅子上，正织毛线活儿呢。她也羞愧地把织毛线活儿的用具手足无措地收拾起来了。

"朋友们来了，蛮热闹的。"院长回过头来，边对哥哥这么低声细语，边走到叶藏身边儿。"已经没事儿了吧？"

"欸。"这么回答后，叶藏猛可地感到悲惨。

院长那戴着眼镜的双目笑着。

"怎么样？想过疗养院的生活吗？"

叶藏头一次领会了罪人的自卑感。他仅用微笑来回答。

这会儿哥哥正在很周到地对真野和飞弹说：

"承蒙你们照顾。"说罢，鞠躬，然后神色严肃地问小菅，"听说昨天晚上你在这儿过夜啦？"

"是啊。"小菅一个劲儿地搔着头说，"隔壁的病房是空着的，我就和飞弹君一道儿在这儿过了夜。"

"那么，从今天晚上起，就到我的旅店来过夜吧。我在江之岛的旅店订了客房。飞弹君，你也来吧。"

"欸。"飞弹蛮拘束地回答，他不知道该怎样打发握在手里的三张扑克牌。

哥哥若无其事地朝着叶藏看："叶藏，好了吗？"

"嗯。"故意露出极不痛快的神色点了点头。

哥哥抽冷子变得能说会道啦。

"飞弹君，咱们现在就陪院长先生出去吃午餐吧。我还没见过江之岛呢，希望您能领大家去。马上就动身吧，让汽车等着呢。多么好的天气啊。"

我后悔啦。只因为让两位成年人上场，一切的一切都一塌糊涂啦。叶藏、小菅、飞弹和我，四个人煞费苦心地使气氛恰如其分地高涨起来。由于这两位成年人，我们被弄得精神不振、潦倒不堪。我原本打算把这篇小说写成充满传奇气氛的爱情故事，因此最初的几页构致了曲曲折折的故事氛围，巴望在后面再一点儿一点儿消解。尽管强调自己写得不高明，好歹笔耕至此。然而，现在彻底土崩瓦解啦。

宽恕我吧！这是谎言在装糊涂呢。我的所作所为通通是故意的。越写越觉得写什么"充满传奇气氛的爱情故事"怪害羞的，于是存心把它砸烂。倘若真成功地使爱情故事彻底崩溃了的话，反而正中下怀。低级趣味。如今使我由衷地苦闷的就是这句话。倘使这么称呼是巴不得平白无故地以威势压人的劣根性的话，或许我这样的态度也是低级趣味。我不想屈服，不愿意让人看穿自己的心事。不过，那是虚幻的努力吧。啊！作家统统是这样的吗？甚至于坦白都要往好里说。莫非我是无人性的人？我能过真正有人情味儿的生活吗？我一边这么笔耕，一边关心自己的文章。

把什么都一股脑儿暴露出来。说实在的，我在小说的每一段描写之间都让我这个男子出面，发表一席不说为妙的演讲。这是由于有滑头的想法。我不让读者觉察到，全凭我本人想悄悄地把非凡的神韵渗入作品。我蛮自负，因为这是日本还没有的时髦笔法。然而，失败啦！不，按说我已经把关于失败的自白算在这篇小说的写作方案里了。可能的话，我原想稍后再说出这句话。不然，甚至于这句话好像也是最初就准备好的。唉呀！可别再相信我啦。我说的话，一句也别相信。

我为什么写小说呢？难道巴望获得"崭露头角的作家"的荣耀吗？或者巴不得要金钱？不要耍花招儿，回答吧。说呀："两样都想要。"说呀："想得不得了。"哎呀！我依然在瞪着眼睛扯谎。这样的谎言，人们不留神就会上当。在谎言中，是卑鄙的谎言。

我为什么写小说呢？说出了使人伤脑筋的事儿。无可奈何，有点儿像是故弄玄虚。姑且回答一句吧："报仇。"

转移到下面的描写吧。我是市面上的艺术家，不是艺术品。倘若我那可憎的自白也能给这篇小说带来某种神韵的话，那确实是意外的幸运。

叶藏和真野留在病房里。叶藏蜷缩在床上，眨巴着眼睛思考问题。真野坐在沙发上，收拾扑克牌。她把一捆扑克牌放进紫色的纸盒里，随后说："那一位是你的兄长？"

"是啊。"叶藏一边凝视蛮高的白色天花板，一边回答，"长得像吗？"

作家一旦对自己描写的对象失去了爱情，立时就会有报应，竟然写出如此不检点的文章。不，不再说啦。这篇文章可真有点儿不同寻常呢。

"嗯，鼻子长得挺像。"

叶藏朗声大笑。叶藏家里所有的人都像祖母，鼻子长得都蛮长。

"多大岁数了？"真野也微笑了一下，这么问道。

"哥哥吗？"他把脸转向真野，"还年轻，三十四岁。架子摆得很大，自以为了不起。"

真野猛孤丁抬头瞅叶藏的脸。原来他皱着眉头说话呢。真野连忙朝下望去。

"哥哥呢，算是善良的。老爷子……"

刚一开口，就闭上了嘴。叶藏显得老实巴交的。他为我当替罪羊，在妥协呢。

真野站起来，到病房角落的壁橱去取织毛线活儿的用具，随后就像原来那样坐在叶藏枕头旁边的椅子上。她一边织毛线活儿，一边思索着。她认为叶藏所面临的，既非思想方面亦非恋爱方面的问题，而是跟他本人有密切关系的原因。

我什么也不再说了,越说越觉得自己什么也没说过。我认为至今丝毫也没有涉及真正重要的事情。这是自然的喽!众多事情都忘记写啦。这也是理所当然的吧。作家不知道本人作品的价值,这乃是小说领域的常识。尽管气愤,却非承认不可。我曾期待瞧见自己的作品产生效果,未免太愚蠢啦。尤其是不应该提到效果的问题。一言既出,就会产生迥然不同的另一种效果。正在猜想大概是这么个效果的时候,又冒出崭新的效果。我扮演的是非要永远追求效果不可的蠢材角色。究竟是拙劣的作品呢,抑或是并非毫无价值之作品,我连这一点都不想知道。我估计,这篇小说会产生意想不到的重大价值。这些话我是听旁人说的,不是从我的身体流露出来的,所以我才渴望信赖。我干脆明白讲吧,我已经失掉了自信。

开电灯之后,小菅独自到病房里来啦。一进来就立刻恰似不容分辩地在叶藏耳边嘀咕道:"喝酒啦!必须瞒着真野。"

然后,突然朝叶藏的脸使劲儿喷出一口气。喝过酒的人是被禁止进入病房的。

小菅斜着眼睛略微瞅了一下坐在后面的沙发上织毛线活儿的真野，好像喊叫般地说："参观了江之岛。好极啦！"然后，立刻悄声附耳私语："这是瞎说八道。"

叶藏起来，坐在床上。"你们一个劲儿地喝到现在呀？唉，没什么。真野女士，行吧？"

真野继续织毛线活儿，笑吟吟地回答："其实说不上行。"

小菅仰面在床上躺下。

"院长和我们，一共四个人商谈啦。你的兄长是个足智多谋的人士，非常能干，是我意想不到的。

叶藏缄口不言。

"明天你的兄长和飞弹到警察局去，说是要把问题妥为处理。飞弹是个糊涂虫，挺激动的。飞弹今天在那儿过夜。我不耐烦，所以回来啦。"

"骂我了吧。"

"嗯，骂啦。说你是个大笨蛋，说不知道以后你会干出什么名堂来。不过，还加上一句，说老爷子也有毛病。——真野女士，我能抽烟吗？"

"欸。"快要流眼泪啦，她只这么回答。

"听得见波涛声。——多么好的医院。"小菅衔着没有点火的香烟,大概喝醉了,喘得厉害,闭了一会儿眼睛。少顷,忽地抬起上半身。"啊,我带衣服来啦,放在那儿啦。"他朝门口翘了翘下巴颏儿。

叶藏朝放在门旁的一个蔓藤花纹的大包袱望去,还是皱了眉。谈到亲人时,他们一向露出略微感伤的神色。然而,这不过是习惯而已。从小接受的教育形成了这样的神色。提到亲人,照样会想起"财产"一词。"我可赶不上妈妈。""嗯,你的兄长也这么说。说是妈妈最可爱啦。像这样,连衣服的事儿她都操心。告诉你,真是这么回事儿。——真野女士,有火柴吗?"小菅接了真野递过来的火柴,绷起面孔凝视画在火柴盒上的马脸。"听说你现在穿的是向院长借的衣服。""这件吗?是啊,是院长的儿子的衣服。——我哥哥另外还说了吧?骂我的什么话。""可别这么别别扭扭的。"小菅把香烟点燃了。"你的兄长比较能接受新事物,他理解你。不,也许不一定理解。总是摆出饱尝艰辛的人的样子。我们一道探讨了你这档儿事的原因,当时弄得哄堂大笑。"小菅吐出了烟圈儿。"你的兄长猜想,这是由于叶藏吃喝嫖赌,手头拮据。他是一本正经地这么说的。还有一档儿事,作为哥哥,是不好意思说的。他说,准是患上了可耻的病,破罐破摔啦!"小菅把由于喝酒而惺忪浑浊的眼睛朝向叶藏。"怎么样?哦,这个家伙简直让人出乎意外。"

今天晚上只有小菅一个人在这儿留宿,用不着特意去借隔壁的病房。大家磋商后,决定让小菅也在这间病房过夜。小菅睡在与病床并排的沙发上。罩着绿色天鹅绒的沙发有一个巧妙的机关,尽管有点儿不稳,却能充当床。真野每天晚上都睡在上面。今天这张床被小菅抢走了,真野就从办公室借了一张薄席子,铺在病房的西北角落,刚好位于叶藏的脚下边儿。然后,真野不知道从哪儿找来了两扇屏风,把自己那间朴素的卧室围起来。

"小心谨慎。"小菅躺着瞧那破旧的屏风,独自嗦嗦地偷着笑了,"画着秋天的七草[1]呢。"

真野用包袱皮把叶藏头上的电灯包起来,室内就暗了。

---

[1] 具有代表性的秋天开花的七种草,萩、葛花、抚子花、尾花、女郎花、藤袴、朝颜(或译为桔梗或朱槿)。其说法首见于日本文学《万叶集》中山上忆良的《秋之七草歌》。

她对两个人说了"晚安"就躲藏到屏风后边儿去啦。

叶藏觉得难以入寐。

"蛮冷。"他在床上辗转反侧。

"嗯。"小菅也噘着嘴打帮腔,"我从醉中醒过来啦。"

真野轻微地咳嗽了一声:"给你盖上点儿什么吧。"

叶藏闭着眼睛回答:"我吗?用不着。我难以入睡,波浪声不绝于耳。"小菅认为叶藏可怜巴巴的。这纯粹是成年人的感情。当然,可怜的并不是这儿的叶藏,却是与叶藏处于同样境遇时的小菅本人。要么是那种境遇的一般抽象。成年人受到过这种感情的高明训练,因此动辄就同情旁人。而且,对本人心软这一点感到自负。年轻的人们还时常陶醉在这样安逸的情感中。首先,就出于一番好意而言,倘若成年人是通过与自己的生活妥协而受到这样的训练的话,青年们又是从哪儿学到的呢?难道是从如此无益的小说吗?

"真野女士,讲个故事吧。有什么精彩的故事吗?"

小菅爱管闲事儿,为了让叶藏转换心绪,向真野任性撒娇。

"啊。"真野在屏风后边儿笑着,仅只这么回答了一声。

"使人毛骨悚然的故事也可以。"他们无论什么时候都巴不得浑身发抖,以至于一个劲儿地刺痒。

真野好像正在考虑什么,暂时没有回答。

"是秘密,"她先说了这么一句,随后悄悄地笑起来啦,"这是荒诞的故事。小菅君,没问题吗?"

"务必要讲,务必要讲。"小菅是认真的。

那是真野刚当上护士——当年她十九岁——那年夏天的事儿。一个青年也是由于女人而寻死,被发现了,住进了一家医院,由真野护理。患者自己吃了药,浑身遍布紫色的斑点,没有得救的可能性了。黄昏时分,一度恢复了知觉。当时患者瞧见了窗外的石围墙上有众多生长在海滨沙中的小蟹爬来爬去地玩耍。于是,他说:"真漂亮。"那一带的蟹,活着时甲壳就是红的。他又说:"一旦康复了,就捉它,带回家去。"留下这句话,又失去了知觉。当天半夜里患者朝洗脸盆里呕吐了两杯东西,就咽了气。亲属从故乡到达之前,真野与青年待在病房里。她忍受着,在病房角落的椅子上坐了大约一个小时,听见了后边儿隐隐约约地发出声响。她安安详详地待着,又听见啦。这一次,听得非常清楚,好像是脚步声。索性回头一看，背后有一只红色的小螃蟹。真野凝视着它，不禁哭泣了。

"说来难以想象，真有一只螃蟹，活着的螃蟹。当时我不想再当护士了。我一个人不工作，家里还是过得蛮好。我对爸爸这么说啦，被他嘲笑了一顿。——小菅君，你有什么样的看法？"

"了不起！"小菅存心开玩笑般地呼喊，"是哪一家医院？"

真野没回答，窸窸窣窣地翻了个身，又恰似喃喃自语一般嘟哝道：

"这次我本来也想拒绝医院指派的大庭先生，因为我害怕嘛。可是，一旦来了，刚一瞅见他，心里就踏实啦。他这么精神饱满，而且一开始就说：自己上厕所。"

"不，我指的是医院。是这家医院吗？"

真野过了一会儿才回答：

"就是这儿，就在这儿。但是，请你务必保密，因为关系到医院的信誉。"

叶藏发出睡迷糊了般的声音："绝不会是这间屋子吧？"

"不是。"

"绝不会是……"小菅也学舌说,"我们昨天晚上睡的那张床吧?"

真野笑起来啦。

"不是,可以放心。要是知道你这么介意,我没说就好了。"

"是い号病房。"小菅悄悄地抬起头来,"从窗户里能瞧见石围墙的,只有那间屋子。是い号病房。你啊,是少女住着的屋子。多可怜啊!"

"请不要那样吵嚷,睡觉吧。是说瞎话呢,我编造的话。"

叶藏正在思索别的事儿,想的是阿园的幽灵。他在内心里描绘着优美的姿容。叶藏经常像这样坦率。对他们而言,"神"这个词左不过是给呆头呆脑的人的夹杂着讥讽与好意、什么也不是的代名词。然而,说不定这是他们过度接近神的结果。像这样草率地谈到所谓"神的问题",诸位必定用浅薄或廉价这样的措辞严加谴责吧。啊,宽恕我吧。无论多么逊色的作家,总巴望本人所写小说的主人公暗中挨近神。那么,就说出来吧。他才像神呢,像那位让自己所宠爱的鸟——猫头鹰——在傍晚的天空飞翔，并暗自笑着眺望的智慧女神密涅瓦[1]。

次日从清早起，疗养院就人声嘈杂，原来下雪啦。疗养院前院儿那大约一千棵低矮的海滨松树，统统被雪覆盖着。从那儿通到下边的三十几级石阶也罢，石阶下面的海滨沙滩也罢，一概积着薄雪。雪忽降忽止，一直到晌午。

叶藏伏在床上，在素描雪的风光。他吩咐真野购买了炭画用纸和作画用的炭笔，雪完全止住之后，就开始工作了。

在雪的映照下，病房里亮堂堂的。小菅卧在沙发上读杂志。他时常伸过脖子来稍微看一眼叶藏的画。他对艺术怀着模模糊糊的敬畏，那是由于对叶藏这个人物的信赖而产生的感情。小菅年幼的时候就见到并且结识了叶藏，他觉得叶藏与众不同。一起玩耍的时候，他自个儿认为叶藏是因为脑瓜儿灵才跟别人不一样的。叶藏爱好打扮，说瞎话的本事挺大，既好色又冷酷。然而，小菅从少年时就喜欢他，尤其喜爱学生时代的叶藏背地里说教师们的坏话时，那烈火般的眼

---

[1] 密涅瓦（Minerva）是古罗马宗教所信奉的女神。司掌各行业技艺，后来又司理战争，常被人们认为与希腊女神雅典娜为一体。

珠子。然而，他喜爱的方式不同于飞弹等人，采取的是观赏的态度。总之，他挺机灵，曾竭力追随叶藏，不久就认为划不来，于是，突然改变态度，成了旁观者。这是由于小营比叶藏与飞弹有更新颖的观念。倘若小营或多或少既敬重又畏惧艺术的话，这是跟他穿那件蓝色大衣、装束整洁的意义是完全相同的。在人生接连不断的日子中，巴望衷心感受一下期待的对象。像叶藏这样的男子汗流浃背地做出来的，必定不寻常：小营只不过简单地这么想想。在这一点上，小营毕竟还是信赖叶藏的，然而经常会失望。如今，小营偷偷地瞧叶藏的素描，感到心灰意懒。画在木炭纸上的，仅只是海与岛的风光，而且是一般的海和岛。

小营死了心，专心致志地阅读杂志上的讲座。病房里，万籁俱寂。

真野不在这儿。她在洗涤间洗叶藏的毛衣。叶藏穿着这件毛衣跳进了海，毛衣略微渗入了海水的气味。

下午，飞弹从警察局回来啦。他兴冲冲地推开了病房的门。

"哎哟！"他瞅见叶藏正在速写，就大惊小怪地喊道，"干活儿呢，好哇！艺术家就是得干活儿，这才是他的优点。"

飞弹边说边挨近了床,隔着叶藏的肩膀瞧了一眼那幅画作。叶藏慌忙把那张木炭纸叠成对折,随后又叠成四折,边叠边羞怯般地说:"不顶用啦。许久没画,唯独脑袋瓜子还行。"

飞弹依然穿着大衣,在床边坐下了。

"也许是这么回事儿。太急躁了嘛!不过,这样就蛮好。因为你太热衷于艺术啦。啊!你最好这么想。——究竟画了什么?"

叶藏手托着腮,把下巴朝玻璃窗外的风景翘了翘。

"画了海。天空和海都黑黝黝的,唯独岛是白色的。正画着的时候,觉得自己装腔作势,就甩手不干啦。首先,韵味简直像是个外行人。"

"蛮好嘛。卓越的艺术家都有酷似外行人的地方。这样就行。起首是外行,然后变成内行,后来又成了外行。我又要谈起罗丹,这个人探视到了外行的好处。哦,也许不是那么回事儿。"

"我不打算再画画儿啦。"叶藏把折叠起来的木炭纸放入怀里后,不容飞弹分辩般地说,"绘画过于耗费光阴,不行。雕刻也是这样。"

飞弹把长发拢上去，轻易就同意了。"我了解这样的心境。"

"写得出来的话，我巴望写诗。诗是真诚的。"

"嗯。诗也挺好。"

"不过，诗也无聊。"他想：干脆来个百无聊赖。"说不定我最适宜当一个资助者。赚到一笔钱，把众多飞弹这样的艺术家招集在一起，爱护他们。怎么样？艺术嘛，使我觉得害臊。"叶藏说罢，仍然手托着腮，注视着海，冷静地等待对自己这番话的反应。

"没什么不好嘛。我认为那是令人钦佩的生活。说实在的，非得有这样的人士不可。"飞弹边说边陷入迷魂阵。他认为自己甚至一句顶撞的话也说不出来，竟恰似拍马屁的人，遂感到厌恶。也许是由于他那所谓作为艺术家的自尊心，勉勉强强把他的水平提高到这个程度。飞弹悄悄地摆好了架势，准备好了下一句话。

"警察局方面说了什么？"

小菅抽冷子问道。他指望听到不表明意见的回答。

飞弹内心的不安找到了发泄之处。

"要起诉呢,叫作协助自杀罪。"说罢,懊悔不已。他认为自己太无情啦。"不过,最后估计会缓期起诉。"

小菅一直伸腿仰卧在沙发上。他霍地起身,啪嚓拍了一巴掌,说:"这档儿事可不容易解决。"他原先想逗乐儿支吾过去,到末了儿白费了力气。

叶藏扭转身子,仰面躺着。

有一个人遇害了,而众人的态度过于从容不迫,想必诸位早就对此感到气愤。如今害人者落到这个地步,诸位会说"大快我们的心"吧,还会说"瞧你这副狼狈相"。不过,这未免太残酷了。众人怎么能从容不迫呢?假如你肯了解他们经常紧挨着绝望,不让风吹着动辄就受伤害的小丑之花的惆怅,该多么好哇。

自己说的一句话,竟产生了这样的效果,使飞弹惊慌失措,遂从被子上面轻轻拍了拍叶藏的脚。

"不要紧,不要紧。"

小菅又卧在沙发上了。

"协助自杀罪啊。"他依然竭力喧闹,"难道还有这样的法律吗?"

叶藏边把脚缩回去边说:"有啊,有刑期。你竟然还是法律系的学生呢。"

飞弹遗憾地微笑了。"不要紧。你哥哥能想出高招儿，你哥哥有可贵之处。他非常热忱。"

"是个能干的男子汉。"小菅严肃地闭上眼睛。"也许用不着忧虑，因为他是一位足智多谋的策略家。"

"糊涂虫！"飞弹笑了出来。

他从床上下来，脱下大衣，挂在门旁的钉子上。

"我听到了蛮好的消息。"他把双腿跨在挨近门的陶瓷圆火盆上说，"那个女子的丈夫，"他犹豫了片刻，眼睛朝下看着，继续说，"那个人今天到警察局来啦，他跟你哥哥谈了话。后来听你哥哥讲了当时谈话的内容，我略微感动啦。据说他谈到一分钱也不要，只不过想见见你。你哥哥谢绝了。谢绝的理由是：病人依然处在激动状态。那个人脸上露出可怜巴巴的神情，说：'那么请你替我向你弟弟致意。请他不要把我们的事儿放在心上，保养身体……'他闭口不言了。"

这个做丈夫的人，由于说了这番话，心里扑通扑通地跳。他着实像是个失业者，装束寒碜。叶藏的哥哥告诉飞弹这些事时，嘴角甚至挂着一丝瞧不起的冷笑。飞弹对叶藏的哥哥怀着满腔忍无可忍的积愤，因此故意混淆着夸张，讲得如此美好。

"应该让我们见见面儿。操多余的心！"叶藏注视着自己的右手掌。

飞弹摇晃了一下高大的身体，说：

"然而……还是不见面儿才好。就这样变成陌生人，更好一些。他已经回东京啦。你哥哥一直送他到火车站。听说你哥哥给了他二百元的奠仪，还请那个人写了'今后没有任何关系'这么一张证书般的东西。"

"蛮能干的人啊。"小菅把薄薄的下嘴唇儿朝前边儿一噘。"才二百元啊！可真了不起。"

飞弹那张被炭火烤得发热油亮的圆脸上的两道眉毛严肃地皱起来了。他们对自我陶醉的时候被泼冷水，害怕至极，因此也肯于赏识对方的自我陶醉，竭力打帮腔。那是他们之间的秘密谅解。如今小菅违反了这种谅解。小菅不可能相信飞弹竟然感动到那个程度。那一位丈夫孱弱得令人焦急，而叶藏的哥哥居然抓住了那个人的弱点，真是够呛。飞弹仍旧把这当作随便闲聊来听的。

飞弹信步溜溜达达地来到叶藏的枕旁。他好像要把鼻尖儿贴在玻璃门上似的,眺望着阴天的海。"是那个人了不起,不是你的哥哥蛮能干。我认为那个人并不孱弱,而是了不起。这是人对一切都看清之后,心灵所产生的美。据说今天早晨火葬后,那一位丈夫抱着骨灰盒,独自回去了。我的眼前若隐若现地浮现他的姿容。"

小菅终于恍然大悟。他立即低声叹了一口气。"这档儿事令人钦佩。"

"令人钦佩吧?是美谈吧?"飞弹猛可地把脸扭向小菅。他又高兴起来啦。"我一遇到这样的话题,就意识到生存的美好。"

我毅然决然露面儿了,否则我就写不下去了。这篇小说一片混乱,使我陷入迷魂阵。叶藏也罢,小菅也罢,飞弹也罢,我统统无法对付。他们对我这支秃笔不耐烦,遂任意飞翔。我紧紧抱住他们那一双双满是泥巴的鞋,喊叫着:"等一下!等一下!"倘若现在不重新部署下,我就难于忍受。

这篇小说压根儿没有趣儿,仅只有个架子。这样的小说,写一张纸和写一百张纸,是一样的。然而,刚一开始我就做好了精神准备。我还是乐观地以为,写着写着,说不定能写出一段对路的故事情节。我虽然高傲,总归会有优点吧。我一方面对自己在得意忘形时写出来的臭文章感到绝望,一方面念叨"写出一段,写出一段",这儿那儿翻箱倒柜地寻觅。后来,我心里着急,手脚僵硬了,十分疲乏。哎呀,小说务必专心致志地来写!经常是人的思想是高尚的,写出来的文学作品却是有害的。多么愚蠢!但愿这句话遭到最大的灾祸。倘若不心荡神驰,能写小说吗?如果一句话、一篇文章,有约莫十种不同的含意在我的心头来回乱撞,我就非把自来水笔折断丢弃不可。叶藏也罢、飞弹也罢、小营也罢,用不着在我面前小题大做地装模作样,横竖老底儿已经泄露啦。头脑要简单一些,简单一些。无念无想。

当天晚上,深夜后,叶藏的哥哥到病房来了。叶藏正跟飞弹和小营三个人打扑克玩呢。昨天这位哥哥头一次来的时候,他们也在打扑克牌。然而,他们并不是成日都在鼓捣扑克牌。毋宁说,他们甚至厌恶扑克牌。除非感到相当无聊,不会把它拿出来。并且,不能充分发挥本人个性的玩法,他们准回避。喜欢变戏法儿,自己找窍门儿,让人看各种各样的扑克牌魔术。随后,存心把老底泄露出来,引出一阵笑声。另外还有呢。把一张扑克牌扣着放,有一个人说:

"喏，这是什么？""黑桃皇后""梅花骑士"，其他人各自说出别出心裁的胡说八道。把那张牌翻过来了，根本不可能猜中。他们却思忖："总有一天会猜中吧？如果猜中了，多么愉快啊。"归根结底，他们厌恶拖延得蛮久的胜负。撞大运，喜欢旋即决定胜负。因此，哪怕取出扑克牌，甚至玩不到十分钟。每天十分钟，尽管时间短暂，哥哥却恰好遇上了两次。

哥哥走进病房，稍微皱了一下眉。他误解了，还以为弟弟等人无论什么时候都悠闲地打扑克呢。人生中偶尔竟然有同样的事儿。叶藏就读于美术学校的期间，也曾感觉到同样的不幸。有一天上法语课时，他曾打了三次哈欠。每次都是打哈欠的那一瞬间，与教授的视线相遇。确实不过是三次。那位老教授是日本为数不多的法语学者。第三次打哈欠时，老教授似乎忍耐不住啦，大声说："你在上我的课时，只顾打哈欠了。一个小时打一百次哈欠。"叶藏打哈欠的次数太多啦，教授好像认为自己确实数过。

啊，看无念无想的结果吧。我不断地写冗长乏味的文章，必须重新部署阵容。我是达不到专心致志地写作的境地的。究竟会写成什么样的小说呢？从头再读一遍吧。

我写的是海滨的疗养院。这一带风光旖旎。而且，疗养院里的人们也通通不是坏蛋。尤其三位青年，啊，是咱们的英雄，就是英雄。那些费解的理论简直拙劣透顶！我不过是坚持这三位青年的见解而已。好！已经决定啦，哪怕自不量力，也非这么做不可。什么都别说啦。

哥哥跟大家随便打了声招呼，然后悄悄地对飞弹耳语了些什么。飞弹点了点头，朝小菅与真野使了眼色。

三个人走出病房后，哥哥就说话了："电灯多暗呀。"

"嗯。这家医院不让点太亮的电灯。坐下吧。"叶藏先在沙发上坐下，这么说。

"嗯。"哥哥没坐，昏暗的电灯泡好像使他心神不定，他偶尔仰望它，在狭窄的病房里踱来踱去。"死者这边儿，好歹了结啦！"

"多谢。"叶藏嘴里念叨着，略微鞠了个躬。

"我一点儿都不介意。不过，只要回了家，还会有让你心烦的事儿。"今天，哥哥没穿裙裤。不知何故，黑色的外褂上没有系腰带。"我也力所能及地为你办了点儿事。不过，老爷子那儿你最好写一封信，说些恰如其分的话。看上去你们好像蛮悠闲，然而这档儿事可棘手啦。"

叶藏没有回答。沙发上零乱地丢着扑克牌,他拿起一张,盯着瞧。

"不想写的话,不写也行。后天到警察局去。警方也故意把传讯拖延了一下。今天我和飞弹作为证人受到审讯。他们问我,你平时的品行。我回答道:'是个老实巴交的人。'又问:'思想方面有可疑的地方吗?'我回答:'绝对没有。'"

哥哥不再踱来踱去了,叉开两腿伫立在叶藏前边儿的火盆旁,伸出挺大的双手在炭火上烤。叶藏心不在焉地瞧着那双手在略微颤抖。

"还问了我那个女人的事儿。我说:'一概不知道。'据说向飞弹问讯的,大致也是同样的事儿,似乎跟我的回答吻合。你也实事求是地说就行。"

叶藏明白哥哥这番话背后的意思,然而假装不知道。

"别说多余的话,只直截了当地回答被质询的事儿。"

"难道会起诉吗?"叶藏一边用右手的食指来回抚摩扑克牌的边缘,一边低声嘟哝。

"不了解,我可不了解。"哥哥加重语气这么说。"我认为横竖得被警察局扣留四五天,你要做好准备。后天早晨我到这儿来接你,一道儿到警察局去。"

哥哥把目光投向炭火,缄默无言片刻。雪融化时的滴水声与海浪声夹杂在一起,传进耳朵。

"这次的事件嘛,作为事件……"哥哥冷不防开了个头儿,然后就用若无其事般的口气流畅地继续说下去。"你务必反复考虑自个儿多少年之后的未来。咱们家并不是那么有钱,今年地里严重歉收——告诉你也无济于事。咱们家的银行如今也岌岌可危,闹腾得全家人的心惶惶不可终日——你也许会嘲笑。无论是艺术家还是什么人,我认为首先务必考虑活下去的问题。啊,你就只当脱胎换骨,变成新人,发奋努力吧。我回去啦,让飞弹和小菅都在我那家旅店过夜吧。每天晚上都在这儿闹腾,会惹乱子的。"

"我的朋友都好吧?"

叶藏故意把背朝着真野躺在床上。从那个晚上起,真野像原先那样睡在沙发上了。

"欸……那位叫小菅君的人,"她静悄悄地翻了身,"蛮有趣儿哩。"

"啊,他还年轻呢。比我小三岁,才二十二岁,跟我已经夭折的弟弟同龄。那个小子一向模仿我不好的地方。飞弹是个优秀的人,他已经有成年人的能力了,见识高明。"过了一会儿,又低声补充道:"每一次我捅了这样的娄子,他就拼命地安慰我。他总是硬逼着自己按照我们的意思办事儿。他擅长做其他方面的事情,唯独在我们面前一向惴惴不安。这可不行。"

真野没有回答。

"我把那位女士的事儿讲给你听吧。"

叶藏依然背朝着真野,尽可能慢吞吞地说。他有一种可悲的习惯,发窘时,没有躲避的办法,只好一味地窘下去。

"这档儿事挺无聊,"真野还没吭声儿,叶藏就谈起来啦。"已经听什么人说过了吧。她叫阿园,在银座的酒吧间干活儿。说实在的,这个酒吧间我只去过三次——要不,是四次。关于这位女士的事,飞弹和小营什么也不知道,我没告诉他们。"

别再说下去好不好?

"蛮无聊的一档儿事。女士是由于生存下去太苦才死的。直到濒临死亡的那一瞬间,我们俩思考的大概是迥然不同的事情。阿园跳入大海之前对我说过'你长得像我家的先生……'之类的话。她有一位同居的丈夫。据说，两三年前那个人担任小学教员。我为什么想跟她一道死呢？还是喜欢她吧。"

再也不能相信他的话了。他们何以如此不善于谈自己呢？

"别瞧我如今这个德性，我还做过左翼的工作呢。我撒过传单，参加过游行示威运动，做过一些不配做的事。滑稽吧？然而，非常艰苦。只不过是'我是先觉者'这份光荣引诱下的行为而已。我怎么配做这样的事呢？无论怎样挣扎，不是依然没落下去吗？我这样的人也许现在就会沦落为叫花子。倘若家里破产了，当天吃饭就面临困难。什么活儿也不会干。哎，也就是当个叫花子喽。"

哎呀，越说越认为自己是个爱撒谎的人，不诚实。何等倒霉！

"我相信注定的命运，所以听天由命。说真格的，我想画画儿，想得厉害。"他咯哧咯哧地搔了搔头，笑啦。"倘若画得出卓越的画儿，该有多好。"

他说了"倘若画得出卓越的画儿"，而且是笑着说的。青年们一旦较起真儿来，就什么也说不出来了，总是笑着把真心话掩饰过去。

清晨到了,天上连一片云彩都没有。昨天的雪几乎全部消融了,唯独松树的背阴地方和石阶的角落仍然残留着一点儿深灰色的雪。海上弥漫着雾霭。从雾霭深处,这儿那儿传来了渔船的发动机声。

一清早儿院长就到病房来探望叶藏。他仔细谨慎地诊察了叶藏的身体,然后一个劲儿地眨巴戴着眼镜的小眼睛,说:

"大抵不要紧了。不过,请当心。警察局方面,我会妥当地跟他们谈一谈,因为你还没有真正康复。真野女士,你可以把叶藏先生脸上贴的橡皮膏揭下来了。"

真野立即揭下了叶藏的橡皮膏。伤口已经痊愈了,就连疮痂都脱落了,只留下了红白色的瘢痕。

"这么说也许失敬,希望你从现在起真正发奋读书。"院长说罢,将羞怯般的目光转向海。

叶藏也觉得难为情。他依然坐在床上,把脱下来的和服重新穿好,一声不吭。

这时,随着一阵朗声大笑,门开了,飞弹和小菅急急忙忙跑进了病房。大家彼此道了早安。院长也对这两个人道了早安,然后含糊不清地对他们说:"只剩下今天了,未免依依不舍吧。"

院长离去后,小菅首先说:"着实机敏,那张脸长得活脱儿是章鱼。"他们对旁人的面孔有兴趣,愿意凭借面孔来断定一个人的全部价值。"饭厅里还有院长的肖像画呢,佩戴着勋章。"

"是蹩脚的肖像画。"飞弹说罢,就到阳台上去了。今天他穿的是跟叶藏的哥哥借的和服,是用茶色布料做的,显得稳重。他嘀咕着领子那儿是否合适,在阳台的椅子上坐下来。

"看上去飞弹也挺有大家风貌哩。"小菅也到阳台上去啦。"小叶,打扑克吗?"

他们三个人把椅子搬到阳台上,用独特的方式打起扑克牌来。

扑克牌打了一半儿,小菅就严肃地嘟哝道:"飞弹摆臭架子。"

"糊涂虫,摆臭架子的是你,瞧你那手势。"

三个人悄没声儿地笑起来了,而且同时暗中窃窥旁边的阳台。い号病房的患者和ろ号病房的患者都躺在日光浴用的折叠床上，羞红了脸，瞧着三个人笑起来了。

"非常失败，已经被人知道啦。"

小菅张大了嘴，朝叶藏使个眼神。三个人笑得前仰后合。他们经常当这样的丑角。只要小菅说："打扑克吗？"叶藏和飞弹就已经理解了他那隐蔽的企图。闭幕之前的大致过程通通了解。他们只要发现了天然的美丽舞台，就不禁巴望演出。那或许意味着纪念。如今的舞台背景是清晨的海。不过，现在的笑声竟然引起了连他们都没有料想到的严重事件——真野挨了疗养院的护士长的申斥。哄笑后还不到五分钟真野就被叫到护士长的屋子。护士长相当严厉地斥责了她，要求她保持病房的安静。真野眼看要哭出来了，从那间屋子里跑出去，把这档儿事告诉了三位男士。他们终止了打扑克牌，在病房里闲待着。

三位男士非常颓丧，暂且你看我，我看你，互相望着。他们高兴得忘乎所以，上演的幽默剧被现实的呼声嘲笑，并加以破坏，要求他们"停止演出"。这个打击几乎是致命的。

"不，什么事儿都没有，"真野反而像鼓励般地说，

"这个病区一个重症患者也没有。而且昨天ろ号病房的那位妈妈在走廊上遇见我的时候还对我说：热热闹闹的挺好。她高兴极啦，还说：每天听见你们聊天儿，被逗得一个劲儿地笑。真的不要紧，没关系。"

"不，"小菅从沙发上站起来了，"不行。由于我们的关系，你丢了脸。护士长那家伙，为什么不直接跟我们谈呢？把她带到这儿来。既然那么讨厌我们，现在马上就让叶藏出院好啦。什么时候都可以出院。"

转眼之间，三个人都认真拿定主意出院。尤其是叶藏，他揣想着四个人愉快地乘汽车，沿着海滨逃跑的遥远的身影。

飞弹也从沙发上站起来，笑着说："干吧！大家闯到护士长那儿去吧。竟然责备咱们，多么荒唐。"

"出院吧。"小菅轻轻地踢了一脚门，"这么抠门儿的医院令人失望。责备咱们，我并不在乎。不过，我厌恶她责备之前的心态。毫无疑问，她认为咱们像是小流氓，认为咱们愚蠢，有资产阶级派头，是口若悬河地说起话来没完的一般时髦青年。"

说完，小菅比先前那次更使劲儿地踢了一下门。然后，仿佛忍无可忍，不禁笑出来啦。

叶藏咕咚一声躺倒在床上。"那么，总之，我就是恋爱至上主义者吧。不行么？"

野蛮人对他们的侮辱，使他们非常气愤。他们却毫不留情地转变念头，试图恰当地支吾过去。他们一向是这样的。

然而，真野是一位老实的女士，她把双臂背过去，靠着门旁的墙，将嘴唇特意噘得蛮高，说："就是这么一回事儿，真不像话。拿昨天晚上来说吧，许许多多护士聚集在护士长的房间里，玩纸牌，乱作一团。"

"可不是嘛。一直到十二点钟以后，还叽叽嘎嘎地叫唤。真蠢！"叶藏一边嘟哝，一边拾起掉在枕旁的木炭纸中的一张，仰卧着胡乱画起画儿来。

"自己做不好事儿，所以不了解别人的优点。风言风语说护士长这位女士竟然是院长先生的小老婆。"真野说。

"原来是这么回事儿，也有好的方面。"小菅不胜高兴。他们把别人的丑闻幻想成美德，认为有出息。"戴勋章的有小老婆，有好的方面。"

"各位先生说了些没有恶意的话，笑得挺开心，她居然真不明白吗？你们别介意，还不如使劲儿闹腾呢。不必顾虑，横竖只剩今天了。你们是从来没有受过责备、教育得好的优秀青年。"真野用一只手按住脸，抽冷子低声哭起来了，一边哭，一边打开了门。

飞弹挽留了她，对她喃喃细语："到护士长那儿去也白搭。别去啦，那一点儿事情算不了什么。"

真野双手捂着脸，接连点了两三次头，到走廊里去了。

"一位伸张正义的女士。"真野走后小菅嗤不唧地笑着，在沙发上坐下来，"她居然哭起来啦，被自己的话陶醉了。尽管平素说话蛮老成，总归是个女孩子嘛。"

"很奇怪，"飞弹在狭窄的病房里大步走来走去，"一开始我就认为她很奇怪。真的奇怪啊。她哭哭啼啼地想跑出去，使我吃惊。她总不至于到护士长那儿去吧。"

"不会去的。"叶藏装出一副冷静的神色，答道。他把在上面胡乱涂了画儿的一张木炭纸朝小菅那边儿丢过去。

"是护士长的肖像画啊。"小菅前仰后合地哈哈大笑。

"喂，给我看看！"飞弹站着窥视，"一个女妖怪，是杰作。这……画得像吗？"

"像极啦。有一次她跟着院长，到这间病房来了。画得多棒！借给我铅笔。"小菅借了叶藏的铅笔，在木炭纸上添加几笔。"这儿长出这么个犄角，就更像啦。把这张画儿贴护士长那间屋子的门上吧。"

"咱们出去散步吧。"叶藏下了床，伸了个懒腰。一边伸懒腰，一边悄悄地嘟哝："讽刺漫画的权威。"

讽刺漫画的权威。我也逐渐感到厌倦了。这是不是通俗小说呢？无论是对动辄就僵硬起来的我的神经而言，抑或对也许处于同样状态的各位读者的神经而言，或多或少起消毒的作用。我是为了这个目的才着手写的。然而，我大概打了如意算盘。假如我的小说能成为文学名著——啊，难道我疯了吗！——各位读者反而会认为我加这些注释惹人烦。你们随心所欲地推测出连作家本人都未想到的方面，并且大声喊叫："为什么这部小说成了文学名著？"哎呀，已经去世的文豪多么幸福。长寿的愚笨作家但愿多有一些爱读自己作品的人，于是汗流浃背地加上不对碴儿的注释，然后姑且写成竟是注释的拙劣的作品。我没有刚强坚毅的精神，任意撂挑子。我当不了出色的作家，我过于乐观啦。可不是嘛，是个重大的发现。根深蒂固的乐天派。正因为待在乐观的气氛中，我才能暂且休息。啊，听其自然吧。置之不顾好了。小丑之花嘛，大概也凋谢了，而且凋谢得寒碜、丑陋、肮脏。向往完璧，憧憬杰作。"已经够啦。奇迹的创造者，我自己！"

真野悄悄地躲进了洗手间。她想尽情地痛哭一场，然而并没怎么哭。她照了一下洗手间的镜子，擦掉眼泪，梳了头发，到饭厅去吃已经迟了的早餐。

へ号病房的大学生坐在饭厅门口附近的餐桌跟前儿，面前摆着吃空了的盘子，独自百无聊赖地呆着。

瞧见了真野，他就朝她微笑着，说：

"那位患者似乎精力充沛。"

真野止步了，使劲抓住餐桌边缘回答说：

"是啊，净说一些天真烂漫的话，逗人笑。"

"那就蛮好。是一位画家吗？"

"是画家。经常念叨巴望画杰出的绘画作品。"说到这儿，真野就连耳朵都红了，"他是一位一本正经的男士。正因为一本正经，正因为一本正经，才感到苦恼。"

"可不是嘛，可不是嘛。"大学生的脸也红了，由衷地同意。

大学生不久就出院，所以对人越来越宽容厚道了。

这种乐天派怎么样？各位读者厌恶这样的女士吗？混账东西！说我的观念陈旧，嘲笑我吧。哎呀，就连休息，都使我难为情。倘若不加注释，我甚至不能爱一位女士。拙笨的男子，连休息都会出洋相。

"就在那儿，正是那块岩石。"叶藏指着从梨树那些枯枝的缝隙间一闪一闪地映入眼帘的既平坦又蛮大的岩石说。岩石那些凹进的地方，东一处，西一处，依然残留着昨天的雪。

"我是从那儿跳进去的。"

叶藏恰似爱好诙谐的人，滴溜溜地把眼睛转圆了说。

小菅一声也不吭，他正在揣度叶藏的心情。难道叶藏果真是无动于衷地说那番话的吗？其实叶藏并非无动于衷，他却有不局促地说出来的本事。

"回去吧。"飞弹用双手把和服的下摆抽冷子掖进腰间。

三个人沿着海滨沙滩返回去。海上风平浪静，在晌午的阳光照耀下，闪着白光。

叶藏把一块石头扔到海里。

"我放心啦。倘若现在跳进去，任何事情都不成问题了。欠款啦、艺术院啦、故乡啦、后悔啦、杰作啦、廉耻啦、马克思主义啦，还有朋友、森林、鲜花，随便怎样都行。我理会到这一点的时候，在那块岩石上笑啦，松了一口气。"

小菅为了掩盖激动的心情，一个劲儿地捡起贝壳儿来。

"可别诱惑旁人，"飞弹硬逼着自己笑起来啦，"这是有害的嗜好。"

叶藏也笑眯眯的。三个人那沙沙的脚步声在他们耳中愉悦地回荡。

"别生气，我方才那番话有点儿夸张。"叶藏和飞弹肩膀挨着肩膀走，"可是，我告诉你一些真话——那个女子跳海前在我耳边嘀咕的话。"

小菅把燃烧着热忱的好奇的眼睛狡黠地眯缝起来，存心离开叶藏和飞弹，独自走着。

"她的声音直到现在还萦回在我的耳际。她说：'巴望用乡下的词儿说话。'她的家乡在南方的尽头。"

"你的话不对头！我觉得你把这位女士说得太好了。"

"是真的。告诉你，确实是真的。哈哈，只不过是这么一个女人。"

一艘大渔船被拉到海滨沙滩上休息整顿,旁边摆着两个约莫直径七八尺、好看的鱼筐。小菅使足了劲儿把自己捡来的贝壳儿朝着渔船那黑色的船舷丢去。

他们三个人发窘到几乎憋死的程度。倘若这样的沉默再延续一分钟,也许他们会干脆轻松愉快地跳到海里。

小菅冷不防喊叫道:"瞧啊!瞧啊!"他指着前面的海滨,"是い号病房和ろ号病房的!"

两位少女打着不合时令的白色遮阳伞,慢慢地朝这边儿走过来了。

"是个发现。"叶藏也感到犹如死而复生。

"打招呼好不好?"小菅抬起一只脚,把皮鞋上的沙子抖落下去,瞭视叶藏的脸。只要下了命令,他就跑过去。

"别去,别去。"飞弹的脸上露出严峻的神情,按住了小菅的肩膀。

打白色遮阳伞的两位少女停下了脚步。她们聊了一会儿天,随后一下子转过身去,背冲着这边儿,又静悄悄地朝前走去。

"追过去吗?"这一次叶藏欢闹起来啦。他瞅了一眼飞弹那低着的头,说:"不追啦。"

飞弹苦闷到极点。如今他明显地觉察到枯萎的血液导致自己跟这两位朋友逐渐疏远了。他思忖:这是生活造成的吗?飞弹的生活稍微贫乏一些。

"不过,蛮好啊。"小菅像西洋人那样耸了耸肩膀儿。他竭力想办法把目前的局面掩饰一番。

"她们看见咱们在散步,于是引起了散步的愿望。还年轻嘛,怪可怜见儿的。把我的心情都弄得古古怪怪的。哎呀,她们正在捡贝壳儿呢,竟然跟着我学。"

飞弹不再苦闷了,面泛微笑。他和叶藏面面相觑,并且瞧见叶藏那道歉般的眼神,两个人都飞红了脸。他们了然于心,彼此竭力照拂对方。他们疼爱弱者。

三个人听任微暖的海风吹拂,一边眺望远处的遮阳伞,一边走路。

遥远的疗养院那栋白色建筑物下面,真野站着等他们回来。她靠在低矮的门柱子上,觉得晃眼般地用右手遮着额头。

最后这一天的晚上,真野兴高采烈。躺下去之后,她喋喋不休地谈自己那平庸的家族以及显赫的祖先。随着深夜来临,叶藏沉默寡言了。他仍然把背冲着真野,一边爱搭不理地回答真野,一边想着其他的事儿。

少顷,真野谈起自己眼睛上的伤疤。

"据说我三岁的时候,"她原来想坦然自若地谈这档儿事,却失败啦,竟然抽抽搭搭地哭起来了,"把煤油灯弄倒了,于是烧伤了。我变得相当乖僻。上小学的时候,这块伤疤要大得多。学校里的朋友都叫我'萤火虫''萤火虫'。每一次我都想:一定要报仇。可不是嘛,真是这么想的。我巴不得成为一个了不起的人。"她独自笑起来啦。"多可笑呀,怎么可能成为了不起的人呢。戴眼镜好不好?要是戴了眼镜,会不会多少遮住伤疤呢?"

"别戴啦,反而显得可笑。"叶藏好像恼怒了似的,猛不丁地插了嘴。他大概也依然保持着老派作风。当他意识到自己爱上了一个女人时,存心苛刻地对待她。"这样就好得很,并不显眼。该睡了吧,明天清早儿就得起来。"

真野不吭声儿了,明天就离别了。哎呀,原来是陌生人。要懂得廉耻,要懂得廉耻。我要有个人的自尊心。她忽而咳嗽,忽而唉声叹气,还吧嗒吧嗒地胡乱翻身。

叶藏假装不知道。他究竟挂念着什么，是不能说的。

咱们还不如倾听浪涛声和海鸥啼鸣的声音呢。并且，从头回忆这四天的生活吧。认为自己是现实主义者的人或许会说：这四天充满了讽刺与幽默。那么，我就回答吧。我个人的原稿大概在编辑的桌子上起了茶壶垫儿的作用，退回来的原稿上留下了一大片黑乎乎的烧过的痕迹，这也是讽刺与幽默。责备妻子那阴暗的过去——一喜一忧，也是讽刺与幽默。钻入当铺的门帘，依然把和服的领子合拢起来，以便不露出自己穷途潦倒，还要摆出仪表非凡的样子，这也是讽刺与幽默。我们过的就是讽刺与幽默的日子。倘若你不能理解被这样的现实挫败了的男人，硬逼着自己去忍耐，我和你就永远是陌生人啦。既然是讽刺与幽默，就要有价值的讽刺与幽默，要过正常的生活。哎呀，那种生活离我太远啦。我至少要慢慢悠悠地眷恋人情笃厚的这四天光阴。只四天的回忆，有时会比五年、十年的生活强。只四天的回忆，哎呀，有时会比一辈子还值得眷恋。

叶藏听见了真野那安详的呼吸。他心潮澎湃，难以忍受。刚要把高高的身子朝真野扭过去，就听见了严峻的声音："不许这么做！可别背弃萤火虫的信赖！"

天空逐渐发白时，两个人已经起来啦，叶藏今天出院。这一天迫近，使我畏惧。大概是愚蠢的作家那没出息的多愁善感吧！我一边写这篇小说，一边巴望救赎叶藏。不然，是想让一只巴不得变成拜伦[1]却失败了的泥狐狸被宽容饶恕。这是我在苦恼中秘密的祈求。不过随着这一天挨近，我觉察到：比先前更寂寥的苗头再度悄悄地袭击着我——袭击着叶藏。这篇小说失败啦，没有任何超越，什么烦恼也摆脱不了。我好像太介意文体啦。因此，这篇小说甚至变得俗不可耐了。写了不少不写为妙的情节，并且我觉得忘了写很多更重要的事情。这么说或许令人作呕，倘若我能够长寿，几年后拿起这篇小说的话，会感到多么悲惨啊。大概连一页都还没读完，就会陷入不堪忍受的自我厌恶，使我惶惶不可终日，再也读不下去了。就连现在，我也没有精力去读前面的部分啦。哎呀，作家不应该把自己的形象暴露出来，这么一来，作家会遭到惨败。人竟然怀着高尚的感情写出有害的文

---

1 乔治·戈登·拜伦（1788—1824），是英国诗人。近年来，英国批评界的意见渐趋一致，即认为拜伦诗路广，善于运用亦叙亦议的体裁。他的最卓越的代表作是《恰尔德·哈洛尔德游记》《审判的幻景》和《唐璜》。

学作品。这句话,我反复念叨了三次,而且予以认可。

我不理解文学。从头再另写吧。告诉我,打哪儿着手写好呢?

难道我是浑沌与自尊心的凝聚体吗?这篇小说也只不过是这么个东西。哎呀,为什么我要急于对所有的东西下结论呢?倘若不把一切思索归纳起来,就不能生存下去,如此乖张的禀性究竟是受了谁的影响呢?

写吧,写青松园的最后的早晨吧。只能听之任之。

真野劝叶藏去观赏后山的风景。

"风景非常美丽。现在一定看得见富士山[1]。"

叶藏在脖子上缠绕一条黑色羊毛围脖儿。真野在护士服上罩一件松叶花纹儿的和服外褂,她把用红毛线织的围巾一圈圈地缠绕在脸上,几乎把脸埋起来啦。这两个人都穿上木屐,一起到疗养院的后院去了。院子的北边儿高高耸立着红黏土悬崖,安装着一架狭窄的铁梯子。真野领先用轻快的脚步敏捷地顺着梯子爬上去。

---

1 富士山是日本最高的山峰和休眠火山。富士山形体匀称、白雪皑皑的圆锥形山顶一向是日本人喜爱的艺术主题,素有圣山之称,为日本的象征。

后山有深邃茂盛的枯草，上面布满了霜。

真野朝双手的指尖儿喷白色的哈气以便取暖，奔跑般地沿着山路往上爬。山路略微倾斜，蜿蜒曲折。叶藏也踏着霜，一个劲儿地追随她。他愉快地朝着冻结了的空气吹起口哨来。山中无旁人，什么事儿都可以干。他不愿意让真野惦念这档儿事。

他们朝下边儿走到一片低洼地。这里也有深邃茂盛的茅草。真野站住了，叶藏也在离她五六步的地方停下脚步。旁边儿有一顶搭起的白帐篷。

真野指着帐篷，说："这是做日光浴的地方。轻症患者都赤条条的，聚集在这儿。是啊，现在也这样。"

帐篷上，霜也一闪一闪的。

"上去吧。"不知为什么，叶藏挺着急。

真野又跑起来啦。叶藏跟着跑。他们跑到两边排着落叶松、狭窄的林荫道上。两个人都疲倦了，溜溜达达地踱步。

叶藏呼哧呼哧地喘着粗气，大声对真野说："你在这儿过年吗？"

她连头都没回，也大声答道："不，我想回东京。"

"那么，到我家来串个门儿吧。飞弹和小菅每天都去我家。总不至于在监狱里过年吧，我相信会顺利地解决。"就连还没见过面儿的检察官那慈祥和蔼的笑容，叶藏都在心中描绘着。

倘若能就此结束此文，资深的学术权威就会有意义地把它结束。然而，叶藏和我，大概连各位读者都对这种忽悠人的勾搭感到厌倦了。对我们而言，过年、监狱、检察官都无所谓。我们是否一开始就把检察官那档儿事放在心上了呢？我们只不过是巴不得爬到山峰上，瞧瞧那儿究竟有什么。会有什么？仅只对这一点略微怀着期待。

好不容易爬到山峰上了。那儿简单地把地面压平了，裸露着约莫十坪[1]的红黏土[2]，正当中有一座用圆木头搭成、低矮的亭子。这儿那儿，甚至还安放着点儿景石那样的东西。一股脑儿笼罩着霜。

真野的鼻子尖儿红扑扑的，喊道："不行，瞧不见富士山。"

她指着东边那阴沉的天空说："从这儿可以看得蛮清楚。"

1　坪为日本土地或建筑面积单位。1坪约合3.3平方米。
2　红黏土含有铁质。

旭日还没有东升。颜色古怪、一片一片的云彩忽而沸腾，忽而停滞，随后又慢慢悠悠地飘动着。

"不，我这儿也能看清楚。"叶藏说。

微风刮到脸蛋儿上。

叶藏俯瞰着遥远的海。脚下是高达三十丈的悬崖，下面的江之岛显得挺小。浓重的晨雾下，海水荡漾晃动着。

并且，不然，只有这些。

猴脸青年[1]

有一个傲慢无礼的男子,无论让他看什么样的小说,他刚急忙大略地看两三行,就宛若看穿了小说的内幕似的,对它嗤之以鼻,把书合上。一位俄罗斯诗人[2]曾写道:"那到底是什么?只不过是模仿之作,渺小的幽灵,披着哈罗德斗篷的莫斯科人。难道是他人特点的翻版?莫非是时髦词汇的词典?不然,这诗句莫非是模仿他人的语调写成的吧。"

---

1 丰臣秀吉(1537—1598),是16世纪日本的封建领主,曾打败所有的大名,完成统一日本的大业。猴脸青年是丰臣秀吉年轻时的外号儿。

2 指俄国诗人普希金(1799—1837)。随后引用诗句出自他的诗体小说《叶甫盖尼·奥涅金》。

也许就是这么一档儿事。这个男子认为自己读多了诗和小说，后悔不已。据说他就连思忖时也会选择措辞。这个男子暗中称呼自个儿为"他"。喝醉了酒，似乎茫然自失的时候，倘若有人殴打了他，他就会平心静气地嘟哝道："你可别做会后悔的事儿。"这是穆伊修芩公爵[1]说过的话。失恋的时候会说什么话呢？那时就不会说出来了，心里一个劲儿地念叨这句话："你默默无言，她叫你的名字；你靠近，她就逃跑。"难道这就是梅里美[2]那朴实的对往事的追述吗？夜间，从钻进被窝，一直到入睡，尚未写成的那部杰作总是使他胡思乱想，因而苦恼不堪。那时，他就低声这么喊叫："放开我吧！"这是艺术家的《悔罪经》[3]。那么，独自什么都不干，精神恍惚的时候，又怎么样呢？"Never more"[4]这个独白会冲口而出。

1　指陀思妥耶夫斯基的长篇小说《白痴》中的梅什金公爵。

2　普罗斯珀·梅里美（1803—1870），是法国小说家。1822年他结识斯丹达尔，斯丹达尔对他的艺术观点有蛮大影响。他的中篇小说《嘉尔曼》（1845）是脍炙人口的杰作。吉卜赛女郎嘉尔曼酷爱自由，在爱情中也独立不羁，宁死不肯受男子的约束。

3　《悔罪经》：天主教弥撒开始时念的经。

4　"Never more"：英语，意思是"永远不再"。

倘若这么一个恰似从文学的大便中生出来的男子写小说的话，究竟写得出什么样的玩意儿呢？首先想到的是，这个男子必然会说，自己写不了小说。写完一行就擦掉，不，连一行都写不出来。他有个糟糕的毛病：在下笔之前，就已经把结尾都加以千锤百炼啦。夜里钻进被窝之后，他要么会一个劲儿地眨巴眼睛，要么就蔫不唧地笑，或者咳嗽，嘴里嘟嘟哝哝。也不知道正在念叨些什么。天快亮了才谋划好一个短篇，并且认为这是杰作。随后，他又把刚写了开头部分的文章来回调换，还将结束语重新斟酌一番，把心中的杰作慢慢悠悠地来回抚摸。倘若这时能入睡就好了，然而从先前的经验看来，连一次也没那么顺当过。紧接着，他还试图批评这个短篇。某人用这样的措辞褒奖了。某人尽管是一位门外汉，却指出一个缺点，以便夸耀自己这双慧眼。不过，我会这么说：这个男子已着手把有关自个儿作品的多半是最恰当的评论编在一起了。当他暗中嘀咕这个作品唯一的污点时，他的杰作就消失殆尽。这个男子依然眨巴着眼睛，眺望着从木板套窗[1]的缝儿透出来的亮光，露出呆头呆脑的神色。随后，他就迷迷糊糊地打起盹儿来了。

1　套窗：原文为"雨户"，为防风雨罩在窗外的木板套窗上，也叫滑窗。

然而，目前并没有正确地回答问题。问题是：倘若写出来了会怎么样？这个男子说："就在这儿。"并且砰的一声，拍胸脯给人看。似乎显得高明，还说得过去。听的人却只能认为是性质恶劣的玩笑。何况这个男子生下来就是扁平胸，仿佛被压扁了一般，蛮丑陋。所以他竭尽全力说杰作就在心里时，正说明自己越来越没有本事了。因此，这就明白了，解答他为什么连一行也写不出来，是何等容易的事儿。我们假定如果他写了，会怎么样。为了便于琢磨这个问题，我们非得假设一个迫使他写小说的环境不可。比方说，这个男子在学校经常留级，如今故乡的人们给他起了个外号"宝宝"。倘若今年不能毕业，他家乡的人们碍于亲戚们的面子，不再每个月都给他汇款了。如果这个男子非但今年不能毕业，压根儿就没有毕业的意思，那又会怎样呢？为了把问题考虑得成熟一些，就假定这个男子不是单身汉吧。四五年前，他已有妻室啦，并且这位妻室还是一位出身低贱的女子。由于跟她结婚，除了一位姑妈，其他所有的亲戚都跟他绝交了。就算是老套的风流韵事吧。处在这种境遇的男子，为了应对即将面临的、凭自己的劳动养活自己的生活，无论如何非得写小说不可。然而，这是冒昧的，甚至是粗野的。

从来没有规定过,为了生存,必须写小说。送牛奶不是也蛮好吗?不过,这是可以很容易就驳倒的。只说"一不做二不休"这句话就足矣。

如今在日本,大家都在高声喊叫"文艺复兴"这个莫名其妙的词儿,用每一页五毛钱的稿费寻找新作家。这个男子认为机不可失。把稿纸摆在面前,他猛不丁地意识到自己写不出来啦。哎呀,倘若早三天的话,也许他会由于热情奔放,浑身颤抖,在梦中飞快地写了十页、二十页。每个晚上,每个晚上,杰作的幻影使他那扁平胸兴奋不安,然而一旦想写就消失殆尽。"你默默无言,她就叫你的名字;你靠近,她就逃跑。"除了猫和女人,梅里美还忘记了"杰作的幻影"这个重大的名词!

这个男子下了个奇妙的决心。他把家里的壁橱[1]胡乱翻腾了一通。据说壁橱的角落煞有介事地堆积着十年来他高兴得忘乎所以时写下来的约莫一千页原稿。他一页一页地读下去,有时竟然飞红了脸。用两天时间通读了一遍。随后,成日无所事事。原稿中,叫作《信》的短篇小说在他的头脑里

---

1 壁橱:原文为"押入",日式房间里放置被褥、衣服、用具等带有拉门的壁橱。

留下了印象。那是只有二十六页稿纸的短篇小说。主人公手头拮据的时候，总是能收到不知道寄信者是谁的一封信，援助他。这个男子由于认为自己正需要收到这样一封信，才格外被这篇小说吸引住。他下决心想尽办法把这个短篇出色地改写一遍，以便蒙混过关。

首先非改写不可的是这位主人公的职业。哎呀！主人公是新锐作家，志愿是当文豪，失败了，那时收到了第一封信。随后，梦想当革命家，没成功，那时收到了第二封信。现在呢，成了挣薪水的，对于家庭的安乐，既怀疑又感到痛苦，那时收到了第三封信。这下子，小说的梗概就确定啦。主人公要尽可能地远离文学派头儿。于是，既然梦想当革命家，就连文学的"文"字都不许说。自己处在这样的境遇下的时候，由衷地巴望收到的信也罢、明信片也罢、电报也罢，写的时候只当作主人公确实收到啦。倘若不以愉快的心情来写，就吃亏了。不要由于写得肤浅而惭愧，装作冷静的神色来写吧。这个男子偶然把《赫尔曼与窦绿苔》[1]联系起

1　歌德（Goethe，1749—1832），是德国最著名的诗人。长篇叙事诗《赫尔曼与窦绿苔》（1797）以当时难民问题为题材，是歌德喜爱的作品之一。

来思考。他猛烈地摇头，赶走接连不断地侵扰他的奇异的胡思乱想。这个男子连忙把稿纸摆在面前。他思忖：如果稿纸小得多就好了。倘若能够乱七八糟地写，连自己都不知道写了些什么，该多么好啊。题目就叫《风的书信》，开头的部分重新加了这么一段：

　　各位难道不喜欢通信吗？当各位站在人生的岔道时，难道各位讨厌那封只要一哭泣、不知来自何处的信么？它会被风轻飘飘地吹落在书桌上，从而给各位的前途投下亮光吗？他是一个幸运的人，至今已收到过三次这种使他的心情激动的"风的书信"。头一次是十九岁那一年的元旦，第二次是二十岁那一年的早春，第三次是去年冬天。哎呀，你知道吗？谈旁人的幸福时那种嫉恨与慈爱交错、难以想象的快乐。先从十九岁的元旦那档儿事谈吧。

　　写到这儿，那个男子暂且放下了钢笔，仿佛有点儿中意。是啊，就照这个风格写。小说嘛，毕竟只靠一个劲儿地考虑，是写不出来的，非动笔来写不可。男子心里细想着，嘟哝着。他说，然后感到非常高兴。发现啦，发现啦。小说还是得随心所欲地去写。这与考试时解答试卷不一样。好吧，这篇小说就一边唱歌，一边逐渐写下去吧。今天就到此为止。男子再度看了一遍，随后把那批稿纸放在壁橱里，然后穿上大学生的制服。男子近来一直也没到学校去。不过，每周一两次就像这样穿上制服，心神不定地出了门儿。他们夫妇租了一个职员的房子二楼的两间屋子———间是六叠[1]，另一间是四叠半，就在这儿生活。这个男子为了在那位职员的家人面前保持自己的体面，就偶尔像这样假装到大学去。他也有介意体面的俗不可耐的一面。而且，这个男子大概就连对自己的妻子都有说漂亮话的情况。证据是，他的妻子似乎真相信他在大学里上课呢。他的妻子也像先前假定过的那样，是一位出身低贱的女子。可以推测，胸无点墨。男子欺她无学问，竟然做了各种各样不忠诚的勾当，然而大体上算得上是爱妻子的人。是怎么回事呢？为了让妻子放心，他偶尔撒谎，谈光辉的未来。

---

1 榻榻米，也称"叠"，铺在和式房间地板上的草垫子。日本人使用榻榻米有悠久的历史，早在两千多年前就使用与现在差不多的榻榻米了。一般宽90厘米，长180厘米，厚约6厘米。现在日本人计算房间的大小还经常用"叠"的张数来表示。如六叠房间，四叠半房间。

那天，他出门儿到离得蛮近的友人家去拜访。这位友人是独身的西洋画画家[1]，据说跟他在中学时是同班。友人生于富豪之家，成日尽情玩耍游乐。友人自满的样子是：一边跟人说话，一边哧哧地颤动着双眉。请各位想象一下司空见惯的那种类型的男子吧。他就是去拜访这么一个友人的。他压根儿不怎么待见这个友人。话又说回来了，其他两三个友人，他也不怎么喜欢，尤其是这个友人，居然有使对方焦躁的特别本领，他尤其不可能喜欢。今天他拜访这个友人必定是由于巴望这位住在近处的友人分享自己的欢喜。如今这个男子恰似热乎乎地浸在幸福的预感中，这种时候人大概就会慈悲为怀。西洋画画家刚好在家中。他们两个人面对面坐着。他乍一开口就把自己这篇小说的事儿讲给对方听，告诉对方想写这样一篇小说，并介绍了故事的梗概。倘若运气好，也许还能出售呢。小说是这样开头的。他满脸飞红，把刚写好的五六行文章低声讲解。据说他随时都能把自己的文章背诵出来。西洋画画家照例颤动着双眉，口吃般地说："写得蛮好嘛。"说了这么一句就足矣，然后却急急

---

[1] 原文为"洋畫家"，可以译为"油画家""西洋画画家"。

忙忙接连不断地念叨多余的话。说这是虚无主义[1]者对神的嘲笑啦，小人物反抗英雄啦，甚至还说，这是观念的几何学结构——他至今不知所云。对他而言，只要这个友人肯说："这蛮好嘛，我也巴不得收到一封'风的书信'呢。"他就满意啦。按说正是由于想忘记批评，他才特意选择了"风的书信"这么一个浪漫的题材，如今却被这个没心没肺的西洋画画家莫名其妙地批评为"这是观念的几何学结构"什么的，恰似报纸上的简单措辞。男子当即感到危险。倘若磨磨蹭蹭，他也被诱入批评游戏中，就连《风的书信》都写不下去了。危险！这个男子慌慌张张离开了友人家。

就这样马上回家似乎不合适，他就到旧书店去了，边走边思忖：要写十分出色的信。第一封信就写在明信片上吧，是一个少女写给主人公的信。这封信要在短短的行文中，充满体恤主人公的心绪。这么开头怎么样？"我无意做什么坏事，所以故意写在明信片上。"主人公在元旦收到这张明信片，所以在末尾有小字添加的这么一句："我忘记了。恭贺新年！"是否有点儿装糊涂呢？

---

1 虚无主义（nihilism），是一种怀疑主义哲学，指作为哲学意义认为世界，特别是人类的存在没有意义、目的和可理解的真相及最本质价值。

男子就像做梦似的在大街上走，有两次几乎被汽车撞着。

第二封信是主人公参加了当时蓬勃兴旺的革命运动，因而坐牢时收到的。事先打招呼说："他上大学后，小说并没有使他兴奋。"因为收到第一封信之前，主人公已经由于未当成文豪，感到难堪。这个男子开始在心中写文章的梗概了。"对如今的他而言，作为文豪而声名卓著，乃是梦里做梦。写了一部小说，哪怕它被当作杰作，盛传于世，以至于使作者高兴得忘乎所以，那也不过是转瞬即逝的喜悦而已。他压根儿不认为自己的作品是杰作。巴望短暂的欢天喜地，却必须过五年、十年屈辱的日子——这他是不能理解的。"仿佛有点儿像是演说了。男子独自笑起来了。"他想要的是最直截了当地倾注热情之处。比起思考和唱歌，沉默地实践躬行，才是真实的。拿破仑比歌德强，列宁比高尔基强。"还是略微有文学派头。这种程度的文章非得把文学的"文"字都去掉不可。哎，会好起来的。倘若考虑得过多，又写不出来啦。简言之，这位主人公巴不得化身为一尊铜像。只要抓住这个着眼点，估计就不会失败。还有这位主人公在牢房里收到的信，那是很长很长的信。我有策略。哪怕是陷于绝望的深渊的人，只要读了此信，非得重整旗鼓不可。何况这又是女人写的字。"哎呀，'样[1]'这个字儿写得拙笨，他仿佛见过——想起了五年前的贺年片。"

第三封信就这么写吧。它既不是明信片，也不是信，而是迥然不同的"风的书信"。我写通讯稿的本事已经显示过了，因此，就来点儿标新立异的吧。主人公未能化身为铜像，不久就举行了平凡的婚礼，成了挣薪水的。把家里这个职员的生活照原样儿写下来吧。那是冬天的一个星期日下午，正当主人公对家庭开始感到厌倦时，他走到房檐下的廊子那儿，慢腾腾地抽烟。这时，风把一封信刮得落在他的身边。他瞧见了。那是他的妻子写给住在故乡的公公的信，告诉他已经收到了他寄的苹果。别丢在那儿，必须马上寄出去。他这么嘟哝着，抽冷子歪着头纳闷起来。"哎呀！'样'这个字儿写得拙笨，他见过。"把这样假设的故事蛮自然地写出来，大概需要燃烧般的激情。作者本人非得认真相信会有这种奇遇不可。能否成功，姑且试一试吧。男子满怀信心地走进旧书店。

---

1 原文为"様"。日语中接在人名或表示人的名词下表示尊称。田中样等于田中先生或田中女士。

这家旧书店按理说有《契诃夫书信集》和《奥涅金》[1]，因为正是这个男子出售给该店的。如今他只想重新读，这才来到该店。《奥涅金》中有达吉雅娜所写的出色情书。两本书都尚未售出。他先把《契诃夫书信集》从书架上取出来，翻了几页读了读，认为没有什么可读性。书中充满了剧场啦、生病啦这些词儿，它不能成为《风的书信》的文献。这个傲慢不逊的男子随后就拿起《奥涅金》，寻找情书一项。立即找到啦，原先是他的书嘛。"我给您写这封信，还要补充些什么呢？"的确，这就行啦，简单明了。随后达吉雅娜大言不惭地说什么神的心、理想、面影、喃喃细语、担忧、幻想、天使、孤独一人等话。信的末尾是："现在我搁笔了。我吓得不敢重读一遍。羞耻心与恐惧感使我巴不得销声匿迹。然而，我把您那无比高尚纯洁的心灵当成靠山，把心一横，把我的命运委托给您。达吉雅娜顿首。奥涅金先生亲启。"这个男子巴望收到这样的信。他抽冷子意识到了，遂把书合上了。危险！会受影响。现在读此书，有害。

---

[1] 《奥涅金》是俄国最伟大的诗人普希金（1799—1837）所著长篇诗体小说《叶甫盖尼·奥涅金》的简称。这是第一部以现代社会为主题的俄国作品，展示了俄国生活的全貌。

唉，似乎又写不出来啦。男子心慌意乱地回家了。

回家后，赶紧摊开稿纸，心情舒畅地写吧。巴望并不介意肤浅与通俗，毫不费力地写。尤其是他的旧稿——叫作《信》的短篇，恰似先前说过的那样，乃是新作家的第一篇名作。因此，收到头一封信之前的描写，可以把旧稿通通抄下来。男子接连吸了两三支纸烟，随后好像蛮有信心地拿起钢笔。他蔫不唧地笑起来啦，这大概是他极为苦恼时的做法。他理解了什么叫活受罪，是关于文章方面的。原先的文章是在心急如火的情况下写的，怎么也得重写一遍才行。以现今的格调，旁人和自己都不能心旷神怡。首先，不体面。尽管极其费事，还是重写吧。这个虚荣心极强的男子这么思忖着，勉勉强强开始重写了。

年轻的时候，不论谁都经历过一次这样的傍晚。那天，太阳即将落山时，他在街头徘徊，猛不丁地瞧见了触目惊心的现实。他发觉街上的每一个行人自己都认识。快到腊月[1]了，积着雪的街，热闹极啦。他不得不一边走路，一边一个一个地跟忙忙碌碌地在街上往返的人们打个招呼。当他走到

1　原文为"师走"，指农历十二月，腊月。

一个陋巷的拐角时，意想不到地偶遇了一群女学生，他甚至差点儿把帽子都摘掉啦。

当时他在北方某一座城市[1]的高等学校[2]学英语和德语。他擅长用英文写命题发挥作文。入学后还不到一个月，他写的命题发挥作文就使班上的同学们惊讶赞叹。刚刚入学，一位叫布鲁乌鲁的英国教师就吩咐学生针对"What is Real Happiness？"[3]谈自己的信念。布鲁乌鲁先生刚开始讲课就以"My Fairyland"[4]这个题目讲了个别开生面的传奇故事。又过了两星期，关于"The Real Cause of War"[5]他谈了足足一个钟头自己的论点，使老实巴交的学生惶惶不可终日，稍微进步的学生则狂喜不已。文部省[6]雇用了这样一位教师，功莫大焉。布鲁乌鲁长得活脱儿是契诃夫：戴着夹鼻眼镜，留

---

1 原文为"城下町"。以诸侯的居城为中心发展起来的城邑、城市。

2 日本旧制的高等学校，相当于大学预科。

3 "真正的幸运是什么？"

4 "我的仙界"。

5 "引起战争的真正原因"。

6 文化教育部。日本行政机关的一省，明治四年（1871）设立，办理有关学术、教育、学校等事务。现在的制度下，直属局设置了初等、中等教育局等；中央直属局设置了文化厅，附属机关设有日本艺术院、国立博物馆、国立国语研究院等。

着短短的络腮胡子，看上去蛮腼腆，总是眯缝着眼睛微笑。听说是英国的军官，又是著名的诗人。显得比实际年纪老，听说才二十几岁，还风闻是军事密探。这种神秘的气氛使布鲁乌鲁先生更有魅力了。新生们都悄悄地巴望被这位英俊的外国人重视。第三个星期讲课时，布鲁乌鲁先生沉默地在黑板上飞快地写道："What is Real Happiness？"学生们通通都是家乡足以夸耀的儿女，是挑选出来的高才生。头一次上辉煌的阵地，个个都拿出全副本事。他也把格纸上的尘土轻轻地吹开，徐徐地刷刷不停地写。"Shakespeare said"[1]——就连他都认为未免太夸张了。他飞红了脸，慢悠悠地把它擦掉了。听见了前后左右钢笔低沉刷刷地写作文的声音。他以手托腮，一筹莫展。他是在文章的开头儿下功夫的人。他相信，无论是什么样的巨著，凭着开头儿的那一行，就已经决定了整个儿作品的命运。一旦写出优秀的开头儿那一行，他就宛如写完全部作品时那样，精神恍惚，傻呵呵的。他把钢笔尖儿浸在墨水瓶里，随后又想了一会儿，接着就满怀

---

[1] "莎士比亚说"。

信心地猛写起来。"Zenzo Kasai[1], one of the most unfortunate Japanese novelists at present, said"[2]——当时，葛西善藏依然在世，没有现在这样大名鼎鼎。过了一个星期，又到了布鲁乌鲁先生授课的时间。新生们彼此间还没有交情，他们在教室里坐在各自的桌子前，一边等布鲁乌鲁先生，一边悄悄用充满敌意的目光瞧着对方。布鲁乌鲁先生仿佛觉得蛮冷，皱起细细的眉头走进教室，不久，一边苦涩地微笑着，一边用怪腔怪调嘟哝了一个日本姓名。那是他的姓名。他厌倦、缓慢地站起来了，脸蛋儿红扑扑的。布鲁乌鲁先生没瞧他的脸，说："Most Execllent！"[1]然后布鲁乌鲁在讲台上走来走去，低头接着说："Is this essay absolutely original？"[4]他吊起眉梢，答道："Of course."[5]全班的同学们突然发出奇怪的

1　葛西善藏（1887—1928），是日本小说家，生于青森县，于1912年在现实主义派的杂志《奇迹》上发表短篇小说《悲哀的父亲》，开始创作生涯。他的知名作品几乎都是短篇小说，多取材于自身生活，是作者贫病交加、惨淡一生的自画像。主要作品还有《父亲的葬礼》《坏孩子》《柯树叶》《吐血》《弱者》等。

2　"目前日本最倒霉的小说家之一，葛西善藏说"。

1　"最优秀！"

4　"这篇论说文确实是原创性的吗？"

5　"当然。"

欢呼声。布鲁乌鲁先生那苍白的前额猛不丁地泛出红晕，朝他这边望着，随后朝下看，用右手轻轻地按着夹鼻眼镜，继续说："If it is, then it shows great promise and not only this, but shows some brain behind it."[1]布鲁乌鲁先生一字一板地说得蛮清楚。他在那篇论说文中坚决主张：真正的幸福并非来自外边。当英雄抑或当受难者做好精神准备才是接近真正的幸福的关键。他在这篇论说文中，开头儿写了对故乡的老前辈葛西善藏有所暗示的怀念，随后详述。他一次也未遇见过葛西善藏，也不知道葛西善藏曾经流露过那样的感想。他认为哪怕是编瞎话，倘若编得煞有介事，葛西善藏准会原谅他的。由于这个，他集全班同学的优遇于一身。年轻的群众对英雄的出现是敏感的。从那时候起，布鲁乌鲁先生尝试着一个接一个地给学生们出令人满意的课题。"Fact and

---

[1] "倘若这是原创性的，那么它就显露出了不可限量的前途。不仅如此，还证实了作者颇有智慧。"

Truth."[1] "The Ainu."[2] "A Walk in the Hills in Spring."[3] "Are We of Today Really Civilised?"[4]他竭尽全力施展才华,而且一向获得相当的报偿。年轻的时候,对荣誉的期待是永远得不到满足的。当年放暑假的时候,他作为不同凡响的男子,载誉回到故乡。他的故乡在本州北端的山里,他家是当地著名的地主。父亲是无与伦比的大好人,却又喜欢干阴险的勾当,甚至对他这个独生子,都故意刁难。无论他犯了什么样的错误,父亲都嘲笑着予以宽恕,而且朝侧面看,嘟哝道:"人嘛,做事儿必须周到。"随后恰似一个精明强干的人,忽然把话岔开,谈起完全不同的事情。他一向不喜欢这个父亲。不知为什么,总觉得讨厌,还有一个原因:从幼儿时期起,他经常做让人看不惯的事儿。母亲呢,尊重他到没出息的地步。她相信,有朝一日,他准会成为了不起的人。他作为高中的学生,头一次回故乡时,母亲首先对他变得难以取

---

1 "事实与真相。"

2 "阿依努人(Ainu)。"住在北海道、萨哈林岛和千岛群岛。原来的阿依努语及多种方言,现多数已为日语所取代。阿依努男子络腮胡须浓重,妇女沿嘴边有髭状痕迹。北海道约有一二万人。

3 "春季的山中散步。"

4 "今天的我们真正文明了吗?"

悦这一点感到意外。她却思忖：那是由于他上了高中。回到故乡的他，并没有悠忽度日，他从堆房里找到了父亲那部陈旧的人名辞典，调查饮誉全球的文豪们的简历。拜伦十八岁时出版了处女诗集[1]。席勒[2]也在十八岁时写了《强盗》。但丁[3]在九岁时就打了《新生》的腹稿。从上小学的时候起，他的文章就为人们所称誉，现在连蛮有知识的外国人都断定他多少有些才华。他把桌椅搬到自己家前院儿的那棵高大的栗子树下，孜孜不倦地写起长篇小说来了。他这样的行为是自然的，各位读者不能说没有想到过。题目《鹤》的这部长篇小说讲述的是：一位天才从出生如何走向悲剧性的末路。他喜欢像这样凭借本人的作品来预告自己的命运。开头儿颇费了心血。他是这么写的：有一个男子四岁的时候，一只野鹤在他心里搭了窝，那只鹤傲慢到狂热的地步，云云。

---

1 处女诗集指英国诗人拜伦将其早期诗作收集成册，题为《即兴诗集》，于1806年出版。

2 约翰·克里斯托夫·席勒，是德国剧作家、诗人。其早期剧本《强盗》，歌颂一个向封建社会公开宣战的豪侠青年。

3 但丁是意大利最伟大的诗人、散文作家。1293年发表《新生》。早期抒情诗集《新生》歌颂理想中的爱人，表达对美好生活的渴望。但丁的创作反映了中世纪后期意大利社会生活，具有人文主义思想的萌芽，但仍带有中世纪宗教色彩。

放完暑假，到了十月中旬，在雨雪交加的晚上，小说总算写完了。他当即送到了镇上的印刷所。父亲按照他的要求，默默地给他汇来了二百元。他收到挂号汇来的钱时，仍然厌恶父亲心眼儿不好。骂就骂好了，他不中意的是父亲显得度量挺大的样子，默默地汇钱来了。岁尾，《鹤》印成菊半截本[1]，有一百多页，装帧考究，在他的书桌上堆积得颇高。恰似鹫的奇妙的鸟儿那展开的翅膀把整个儿封面都占了。他先把签了自己姓名的书赠送给本县那些主要的报社，每家报社一本。某一个早晨醒了，也许已经闻名于世了吧。他觉得每一刻仿佛是一百年乃至一千年。他走着，五部、十部地把自己的书分送给镇上的书店。他还贴广告。约莫五寸见方的广告上印满了慷慨激昂的语句："读《鹤》吧！""读《鹤》吧！"这位年轻的天才双手抱着广告和装满糨糊的铁皮水桶，把镇上所有的地方都跑遍了。

由于这个缘故，也就难怪次日他跟全镇的人都结识了。

他依然在大街上信步而行，无论遇到什么人，都默默地行礼。倘若运气不好，对方未领会他对对方行礼的时候，抑或昨天晚上他费了蛮大力气贴在电线杆上的广告已

---

[1] 菊半截本是书籍的一种开本类型。

被狠狠地揭下来的时候，他就会格外夸张地紧锁双眉。过了一会儿，他走进镇上最大的书店，向学徒打听《鹤》的销路好不好。学徒冷淡地答道："连一部都没卖出去。"学徒仿佛不知道他就是作者。他并没有沮丧，预言道："不，我认为今后会有人买。"遂离开了书店。当天晚上，尽管他对无论遇到什么人都行礼多少感到厌烦，在回学校的宿舍时，依然反复行礼。

在走上如此优异的人生道路之第一夜，《鹤》立即出了丑。

为了吃晚餐，他刚走进宿舍的餐厅，就听见了住宿生们发出的稀奇古怪欢呼声："哇！"毫无疑问，他们的餐桌上，《鹤》成了话题。他谦恭地眼睛朝下看，坐在餐厅角落的一把椅子上。随后，他低声咳嗽，开始揿盘子里的炸肉饼。坐在他右边的住宿生把一张晚报递过来了。大概是五六位住宿生挨个儿传递的。他一边慢悠悠地咀嚼着炸肉饼，一边把模糊的目光转向晚报。"鹤"这个字映入他的眼帘。啊，这是头一次听到关于自己的处女作的评论。仿佛是被扎透一般，他一个劲儿地发抖。不过，他并没有慌手慌脚地把晚报拿过来看。他一边用刀子和肉叉切开炸肉饼，一边平心静气、断断续续地急忙大略地读那篇评论。评论占了版面左边的一个小角落。

这部小说是彻头彻尾唯心的产物。活灵活现的人物一个也没描写，一切都是隔着毛玻璃瞧见的龇牙咧嘴的人影。尤其是主人公那狂妄自大、千奇百怪的言行，完全像是缺了蛮多页的百科全书。这部小说的主人公明天以歌德自居，昨晚又认为克莱斯特[1]是自己唯一的教师，据说他具有全世界所有文豪的精髓。少年时代，主人公跟一个少女一见面就爱得死去活来。青年时代，再度与少女邂逅相逢，竟然厌恶她到呕吐的程度。这反正是仿效拜伦[2]爵士。并且是幼稚而拙劣的直译。首先，歌德也罢，克莱斯特也罢，作者好像只把他们当作样

---

1 克莱斯特（1777—1811），是德国戏剧家、小说家。他生于一个军官家庭，1811年自杀，曾到各地旅行，结识歌德、席勒、维兰德等人。克莱斯特的作品表现了人们为权利、爱情、真理和祖国而进行斗争的决心，但带有浓厚的神秘主义色彩，人物受命运的摆布。这种神秘主义创作思想削弱了作品的艺术力量和教育作用。

2 拜伦（1788—1824），是英国诗人。他十岁时继承叔祖的爵位和产业，私生活浪漫放荡，恋爱事件层出不穷。1815年结婚后，其妻因谣传拜伦另有所欢，在生下女婴后不久就带着女儿出走。

式，仅仅作为概念来理解。作者就连《浮士德》[1]的一页、《彭忒西勒亚》的一幕也没读过吧。失礼了。这篇小说的末尾，描写了被薅光了羽毛的鹤呼啦呼啦地拍打翅膀的声音。也许作者巴望凭借这样的描述，给读者尽善尽美的印象，让他们感到杰作的炫目。我们呢，只不过不忍正视畸形的鹤的丑陋而已。

他正在把炸肉饼切碎，越留心要冷静，要冷静，自己的动作就越拙笨。"尽善尽美的印象""杰作的炫目"这些词句使他痛苦。放声大喊吧。哎呀，他脸朝下待了十分钟，足足苍老了十岁。

这没心眼儿的忠告不知道是哪一个男子给予的，至今他蒙在鼓里。以这次的屈辱为楔子，他遭遇到各种各样的不幸。其他报社也没称赞《鹤》。朋友们也学着社会上的评论来对付他，以"鹤"这个鸟名称呼他。年轻的人群对英雄丧

---

[1] 德国诗人歌德（1749—1832）的诗剧，根据16世纪民间传说写成。浮士德一生探索真理，但因受魔鬼引诱，不惜以自己的灵魂换取爱情、欢乐和权利。经过曲折苦难的历程，最后他在改造自然的工作中得到了满足。作品反映进步的科学的力量和反动的神秘的力量之间的斗争，表达了诗人对于人类未来的信心。这是歌德的代表作。

失立足地是敏感的。此书售出的部数少得都不好意思说出来。在街上走的人本来就的确是陌生人。他每天晚上都把贴在十字路口的广告暗中剥下来。

长篇小说《鹤》跟它的故事内容一样，以悲剧告终。然而在他心中搭窝的野性的鹤，依然生气勃勃地展开翅膀，叹息艺术难以理解，强调生活之倦怠，还记住了在荒凉的现实中尽情地懊恼呻吟。

不久就放寒假啦。回到了家乡，他愈益难以取悦了。紧紧地皱眉，大概对他也蛮适合。不过，母亲还是相信高等教育，越看他越神往。父亲呢，以阴险的态度迎接他，善人之间似乎总是彼此憎恨。从父亲那无言的嘲笑，他意识到了父亲是那张报纸的读者。毫无疑问，父亲是读过的。只不过十行或二十行批评的铅字，竟然把毒冲到这样的乡村来了。他巴不得把自己的身体变成岩石或母牛。

在这种情况下，倘若他收到了这样一封"风的书信"，会怎么样呢？不久，他在家乡过了十八岁的生日。进入十九岁的元旦那天，醒来后，他忽然瞧见枕边放着约莫十封贺年信。其中有一张明信片，没有写寄件人的姓名。

我并不想做什么不好的事儿，所以故意写在明信片上。我相信你又沮丧了。就连出了一点儿小事儿，你都会马上就沮丧，我不怎么喜欢。我认为，再也没有比失掉了自尊心的男子的姿态更丑陋的了。不过，你绝不要折磨自己，你有对抗恶棍的意志和寻求充满感情的世界的意图。哪怕你一声不吭，在远处的一个人准知道，你只是有点儿怯懦而已。我认为大伙儿应该庇护并且爱护怯懦而老实的人。你一点儿都不著名，也没有任何头衔。不过，前天我读了大约二十篇希腊神话，发现了一篇快乐的故事。太古时代，世界的地面还没有凝固，海水也没流淌，空气不透明，全都混杂在一起。即使那样，太阳每天早晨都升起。有一天早晨，朱诺[1]的侍女、彩虹的女神伊里斯[2]冷笑着对他说："太阳先生，太阳先生，每天早晨你都辛苦啦。尘世间却连抬头看你的一草一木、一个泉眼都没有……"太阳回答道："不过，我是太阳。因为是太阳，才升起。谁愿意看，谁就

---

[1] 朱诺，是古罗马宗教所信奉的主要女神，其地位与朱庇特相当。朱诺形象多为庄重大方的主妇。

[2] 伊里斯，是希腊神话中彩虹的化身和诸神的使者。在艺术作品里，她通常被画成长有翅膀的女性。

看吧。"我不是学者,也不是什么人物。为了写此信,我曾深思熟虑,多次誊清底稿。我巴望让你知道,有一个人在祈祷:但愿你新年做好梦,看到美好的元旦早晨的太阳,对生活更有自信,一生努力去写。我认为冷不防给一个男人写这样的信,是不谨慎的举止,是个错误。然而,我没写任何可耻的事。我故意不写自己的姓名。我相信,你马上就会忘掉我。忘掉也没关系。哎呀,我忘啦,恭贺新年!元旦。

(《风的书信》至此结束)

附记

你欺骗了我。你说好让我写第二、第三封风的书信,却只让我写了两张明信片大小的贺卡,就使我咽了气儿。你是否又开始那冷静的审问了?我从一开始就知道会变成这样。但是如果灵感一来,我的力量就会油然大增,就会让我活过来。为了你和我,我衷心地祈求。果然还是不行啊!可能太年轻了。不,什么都别说。战败的将军,请闭上嘴沉默吧。人们会说《赫尔曼与窦绿苔》《野鸭》《暴风雨》都是作者们晚年所作。想要写出给人光明的作品，仅有天赋是不行的。如果，你在今后的十年二十年里，无论如何都要在这个丑陋的世界里像火把一样燃烧的话，不要忘记唤我一声，我将会多么高兴啊！我一定会接受邀请。约定吧。再见了！啊，你打算撕掉这篇原稿吗？请别这样。像这种中了文学的毒，甚至连滑稽诗文都写的男人，如果写小说，不过是在写的东西里加些假装不知道的内容。意想不到吧，世上那些人们因你杀了我的做法，而大声喝彩。想必你晃晃悠悠的身影大快人心啊。而且，托您的福，我的手指和脚，在还不到三秒的时间里，眼看着也逐渐变冷了。其实我没生气。你并不坏，不对，没有道理啊。猛地喜欢上了吧。啊啊啊。你啊，幸福是从外面来的吗？再见了，大少爷。变成更坏的人吧。

男人把目光落在刚写完的稿纸上，沉思片刻后，把题目定为猴脸青年。因为我想那是无论如何都蛮般配的墓碑。

背道而驰

蝴蝶

他不是老翁,刚过二十五岁而已。不过,依然是老翁。一般人过一年,这个老翁相当于足足过了三年。他曾两次自杀未遂,其中的一次是去殉情。三次被关进拘留所,是作为政治犯予以拘禁的。他曾写过一百余篇小说,竟然一篇也没卖掉。然而,这些全都不是他认真做的工作,说得上是不务正业。现在还使这位老翁那压瘪了的胸部怦怦直跳和憔悴的脸蛋儿通红的原因有两个：喝得酩酊大醉，以及边凝视不同的女人边浮想联翩。不，是两次追怀往事。压瘪了的胸部、憔悴的脸蛋儿，并不是虚构的。这天老翁要去世了。老翁那漫长的一生中，只有两档儿事并非虚构：生与死。直到临终的时候，他都在撒谎。

如今老翁卧病在床，是由于喜欢冶游染上的病。老翁有财产，生活不困难。然而，财产不够他冶游的。老翁本人呢，并不由于现在就死而感到惋惜。他无从理解手头拮据的生活。

普通人即将去世时，要么目不转睛地瞧自己双手的掌心，要么模模糊糊地仰视近亲的眼珠子。这位老翁却大抵闭上眼睛，忽而闭得紧紧的，忽而缓慢地睁开，将眼睑一个劲儿地颤动，仅只是安详地这么做而已。他说：看得见蝴蝶。蓝蝴蝶、黑蝴蝶、白蝴蝶、黄蝴蝶、紫蝴蝶、淡蓝色蝴蝶，成千上万只就在脑门子上边儿成群地飞翔。他是成心这么说的。远在十里外是蝴蝶的彩霞。百万蝴蝶拍打翅膀的噪声恰似牛虻在晌午翻腾的声音。大概是在交战吧。变成粉末的翅膀、弄断了的脚、眼珠子、触角、长舌头等，宛若雨水般降下来。

问他想吃什么，回答道："红小豆粥。"老翁十八岁时开始写小说，其中描写了一位临终的老人嘟哝道："巴望喝红小豆粥。"

　为老翁煮了红小豆粥，在粥里撒下煮熟的红小豆，再用盐调了味儿。这是老翁家乡的佳肴。他仰起脸，闭着眼睛，喝了两羹匙，随后说："够啦。"问他："另外还想要什么吗？"他皮笑肉不笑地说："想冶游。"听说老翁的那位妻子人品蛮好，尽管胸无点墨，却既聪明又年轻美丽，当着坐成一排的近亲们的面儿，并非由于嫉妒，她的两颊竟然通红了。然后，她攥着羹匙，悄悄地低声呜咽起来。

强盗

　今年肯定会留级。不过，依然得参加考试。无成效的努力，何等美丽，这种美吸引了我。今天凌晨我就起来了，穿上了已经整整一年未穿的学生制服，钻过镶嵌着闪闪发光的菊形徽章的高大铁门——是提心吊胆地钻进去的，随即走在沿路栽着银杏树的人行道上了。左右两侧各栽着十棵，通通是大树。枝叶繁茂的时候，这条路蛮幽暗，恰似地下道路。现在连一片叶子都没有。这条路的尽头,有一幢巨大的建筑物,正面镶嵌着红色的装饰砖,那是礼堂。我仅只在参加入学典礼时,进去过一次。给我的印象是:它仿佛是一座寺院。如今,我正仰望挂在礼堂正厅里的电钟。再过十五分钟,就开始考试了。我怀着疼爱的心情凝眸注视侦探小说之父的铜像,走下右边儿那漫长的斜坡,抵达了庭园。从前,这曾经是一个大名[1]的庭园。池子里养着鲤鱼、绯鲤和甲鱼。五六年前,一对鹤曾在这儿闲荡。至今,这一带的草丛里还有蛇。雁和野鸭这类候鸟,也在这池子旁边休息。其实庭园还不到二百平方米,看上去却蛮宽阔,宛然有一千平方米,这是杰出的造园艺术产生的效果。我坐在池畔的山白竹上,脊背靠着老槲树的木株,双腿朝前面伸得长长的。隔着小径,对面摆列着或大或小、有高有低的岩石,后面是开阔的池子。天色阴沉,池面闪耀着白光,逗乐儿般地把微波的波纹缩小。我把右腿轻悠悠地搭在左腿上,喃喃自语:"我是强盗。"

---

1 大名是约自10世纪起,日本各地领地(名田)的最高长官。到15世纪中叶,他们各霸一方,形成许多小国。1603年,德川家康建幕府后,规定年产谷物一万石以上的土地领主为大名。明治维新后,勒令他们把土地交还天皇。

大学生们排着队络绎不绝地走过前边儿的小径。他们都是家乡值得夸耀的后起之秀，被挑选出来的有才华的人。他们读记在笔记本上的同样的文章，竭力通通熟记下来。我从兜儿里取出纸烟，把一支衔在嘴上，却没有火柴。

"借个火。"

我向一个英俊的大学生打招呼。穿着淡绿色外套的那个大学生止步不前，目光未离开笔记本，把衔着的金嘴儿纸烟[1]交给我，随后慢腾腾地离去了。大学里也有比得上我的人。我用那支金嘴儿外国纸烟点燃了自己这支价钱便宜的纸烟，徐徐地站起来，使足了劲头把金嘴儿纸烟丢弃在地上，用鞋底恶狠狠地把它踏毁，然后我心情舒畅地出现在考场。

考场里，一百余名大学生一个劲儿地向后退。他们担心，倘若坐在前边的座位上，就不能随心所欲地解答试卷。我不愧为有才华的人，在最前面的椅子上落座。抽烟时，夹着纸烟的手指尖儿有点儿颤抖。我既没有放在桌子下边以便参阅的笔记本，更没有一个能够小声商量的朋友。

少时，一位红光满面的教授拎着鼓鼓囊囊的皮包慌慌张张地跑进考场。这个男子是日本最著名的法国文学家。今天

1　金嘴儿纸烟用嘴吸的部分是用金色的纸包住的。

我头一次见到了这个男子。他的身材蛮魁梧,两眉之间的皱纹竟然使我有被吓住的感觉。据说这个男子的弟子中有日本最优秀的诗人和日本最优秀的评论家。我想到了日本最优秀的小说家,脸蛋儿悄悄地发热了。教授在黑板上写考题的时候,我背后的大学生们谈的并非学问的事儿,多半是偷偷地嘀咕满洲[1]的行情。黑板上写了五六行法文。教授懒散地坐在讲台上的扶手椅,实在不痛快地一口断定:

"像这样的考题,即使想不及格也办不到吧。"

大学生们有气无力地低声笑了。我也笑啦。然后,教授嘟哝了两三句我听不懂的法语,并在讲台的桌子上写起来了。

我不谙法语。无论出什么样的考题,我都打算写"福楼拜是大少爷"。我假装沉思片刻,忽而稍微闭上眼睛,忽而拂落短发上的头垢,还注视指甲的色调。过了一会儿,拿起钢笔,开始写:

---

1 "满洲国"是1931年日本侵占中国东北后,制造的傀儡政权(1932—1945)。1931年9月至1932年2月,日本侵占中国黑龙江、吉林、辽宁三省后,于3月1日成立"满洲国"。1933年,热河省也被日本侵占。1945年第二次世界大战结束后,"满洲国"瓦解。

福楼拜是大少爷。他的弟子莫泊桑是大人。艺术之美毕竟是为市民效劳之美,这个可悲的达观,福楼拜是不了解的,莫泊桑却了解。福楼拜的处女作《圣安东的诱惑》[1]受到不好的批评。为了雪耻,他断送了一生。每次写完一部作品,受了所谓剐刑[2]之苦。不拘舆论怎样,受屈辱对他的伤害,越发激烈地针扎似的作痛。他心中那未得到满足的空洞,愈益扩大,愈益深邃,然后他就去世了。杰作的幻影欺骗了他,永远的美蛊惑了他。到末了儿,不但未能救赎一位近亲,就连自己都未能拯救。波德莱尔才是大少爷。终。

我未写"老师,请让我及格"这样的话。一共重读了两遍,未发现笔误,然后左手拿外套与帽子,右手拿那页答卷,站起来了。由于我起了身,坐在我后边的那个高才生不禁惊慌失措。我的背正是这个男生的防风林。哎呀!这个长得活像兔子、讨人喜欢的高才生的答卷上记载着新露头角的

---

[1] 福楼拜(法国作家,1821—1880)通过中世纪圣安东克服魔鬼种种诱惑的传奇故事,说明科学与宗教是并行不悖的思想的两极。
[2] 剐刑:割肉离骨,指封建时代之凌迟刑。

作家之姓名。我考虑到这位著名的新作家该何等狼狈，觉得怪可怜见儿的，于是，对那位暮气沉沉的教授意味深长地稍施一礼，并把自己的答案交给他。我刚刚安详地走出考场，就似滚下般地跑下台阶。

年轻的强盗到了户外，不由得感到悲哀。这种忧愁是什么呢？是打哪儿来的呢？然而，他还是耸起穿着外套的肩膀，大步流星地走在两边排列着银杏树、蛮宽的碎石子儿路上，边走边回答：这是由于肚子饿了。二十九号教室下边有个大餐厅，我走到那儿去了。

空腹的大学生们从设在地下的大餐厅的门口排起长蛇一般蛮长的队，一直排到地面上，队尾排到了银杏树附近。在这儿，花十五钱，就能吃上一顿可口的午餐。队伍约莫有一町[1]长。

我是强盗，是罕有的玩世不恭者。艺术家从未杀过人。艺术家从未盗窃过。这个家伙！无聊的小机灵这一伙。

我接二连三地推开大学生们，总算挤到餐厅的门口。门口贴着一张小纸，这么写道：

---

[1] 町是日本距离单位。1町约合109米长。

今天，大家的餐厅迎来了创立三周年的日子。为了庆祝，尽管不多，廉价出售菜肴。

廉价出售的各种菜脊摆在门旁的玻璃橱窗里。荷兰芹的叶子覆盖着红色的对虾。用蓝色琼脂在切成两半儿的煮熟的鸡蛋断面上，潦草地写着"寿"字——笔法新颖。他朝餐厅里面探视一番：受款待的大学生们正在品尝形形色色的美食，他们构成了黑压压一片密林。系着白色围裙的少女服务员在密林中走来走去，挤来挤去，轻盈地飘舞。啊，天花板上是万国国旗。

在大学的地下室，蓝色的花儿香气扑鼻，成为难为情的解药。恰好赶上了吉祥的日子。共同祝贺吧，共同祝贺吧。

强盗宛若树叶飘落一般离去了。飞到地面上，排在长蛇的末尾，眼看着就消失了。

决斗

那并非模仿外国。不是夸张，是巴不得杀死对方。然而，动机不深邃。绝非认为人世间有两个一模一样的人，因而就互相憎恨；也并非因为那个男子是我的妻子先前的情夫，无论何时都详细地、用自然主义[1]方式向邻居们到处张扬两个人之间的关系。对方是当天晚上头一次跟我在咖啡馆邂逅的穿狗皮衬袄[2]的年轻农民，我偷了他的酒，那是我的动机。

我是北方一座城市[3]的高中学生，喜欢游玩，然而花钱却比较吝啬。平日一个劲儿地抽朋友的纸烟，不去理发，一向节俭，然而只要攒下了五元钱，我就独自蹑手蹑脚地上街，花得一分钱都不剩。一个晚上的开销既不多于五元，也不少于五元。并且，我似乎总是凭着这五元获得了最大的效果。我先把自己攒下的零钱跟友人换成五元的纸币。倘若那是崭新的纸币，甚至能够划伤手指，我就更会心花怒放。我假装漫不经心地把纸币塞进衣兜儿，再上街去。我是为了每个月一两次像这样出门儿才活着的。当时，我被莫名其妙的忧愁捉弄着，绝对的孤独与怀疑一切。说出来太肮脏啦！我

---

  1 自然主义（naturalism）：一种强调从自然本身说明自然，排斥任何超自然力量的哲学观点。

  2 衬袄：穿在外衣和内衣中间的防寒内衣。

  3 原文为"城下町"，以诸侯的居城为中心发展起来的城市。

觉得尼采[1]、拜伦[2]与春夫[3]比莫泊桑[4]、梅里美[5]和鸥外[6]更能反映现实生活。为了五元的游玩,我豁出这条命去啦。

我进咖啡馆后,绝对不露出兴奋的神态,却假装游玩得疲惫啦。倘若是夏季,我就要凉啤酒;假使是冬季,就要烫热了的酒。我想让人们认为我喝酒只不过是由于季节的缘故。我做出硬着头皮喝酒的模样儿,连瞧都不瞧一眼漂亮的女招待。任何一家咖啡馆都会有那么一个已经是半老徐娘、只剩下贪婪的欲望的中年女招待,我只跟那样的女招待打招呼,多半是谈当天的天气与物价。我善于凭着喝干了的酒瓶

---

[1] 尼采(1844—1900),是德国哲学家、诗人。尼采思想在五四时期传到中国,它对初期的鲁迅、郭沫若等人产生过影响。

[2] 拜伦(1788—1824),是英国诗人。近年来文学批评界的意见已渐趋一致,即认为拜伦诗路广。他的代表作是《恰尔德·哈洛尔德游记》(1812)、《审判的幻景》(1822)和《唐璜》(1823)。

[3] 佐藤春夫(1892—1964),是日本诗人、小说家、评论家。他的成名作是短篇小说《田园的忧郁》(1916—1918),描写一个无所作为而充满幻想的青年的故事。

[4] 莫泊桑(1850—1893),是法国作家。他的长篇小说《俊友》(1885)暴露了资产阶级民主的虚伪性和资本主义政权扩张的本质。

[5] 梅里美(1803—1870),是法国小说家。他的中篇小说《嘉尔曼》(1845)是脍炙人口的杰作。

[6] 森鸥外(1862—1922),是日本小说家、翻译家、评论家。他的处女作《舞女》(1890)是日本近代文学初期的代表作。

之数目飞速地算出酒账。一旦桌子上摆了六个啤酒瓶、十个清酒的酒壶，我就仿佛想起来了什么似的，猛可地站起来，低声喃喃自语："结账。"从来没有超过五元。我存心把手伸进所有的兜儿，恰似忘掉把钱收在哪儿啦。终于理会到裤兜儿，我让伸到兜儿里的右手迟疑了一会儿，假装正在挑选五六张纸币。我总算从兜儿里掏出一张纸币，仿佛弄清是十元还是五元的纸币的样子，再交给女招待。"尽管少，这是找给你的钱。"我说罢，连看都不看，通通给了她。我耸了耸肩膀儿，迈着大步走出咖啡馆。直到抵达学校的宿舍，连一次也没回头。从第二天起，我又着手攒零钱啦。

决斗的晚上，我进了叫作"向日葵"的咖啡馆。我披着藏青色的长斗篷，戴着纯白的皮手套。我不会接连两次到同一家咖啡馆去。我生怕如果每次总拿出五元纸币，人家会认为可疑。我是过了两个月才再度来到"向日葵"的。

那时有个外国青年电影演员开始飞黄腾达，我的面貌有点儿像他。于是，我也逐渐引起了女人的瞩目。我在咖啡馆角落的椅子上坐下后，那个咖啡馆共有的四位女招待，全都穿着有花纹的和服，排列在我前面。那是冬季，我说："要热腾腾的酒。"然后，蛮怕冷般地把脖子缩起来。长得像电影演员，给我直接带来了好处。尽管我没吭声儿，一位年轻的女招待还是送给了我一根纸烟。

"向日葵"既小又肮脏。东侧的墙上贴着一张广告画：一个脸大约一尺宽、二尺长的束发[1]女子，十分疲倦地以手托腮，龇着核桃那么大的牙齿微笑着。广告画的下方印着一行黑字：卡布多啤酒。对面西侧的墙上挂着约莫一坪[2]、装在涂了金粉的镜框中的镜子。北侧的门口挂着肮脏的红黑条纹的平纹薄毛呢门帘儿，上边的墙上用图钉钉着一张相片儿：一个全身赤裸的西洋女子横卧在池塘旁的草地上，大笑着。南侧的墙上，贴着一个纸风船[3]，就在我的脑袋顶上，颇不协调，使人恼怒。三张桌子和十把椅子，当中放着炉子。土间[4]是镶着木板的。我晓得在这个咖啡馆，无论如何也沉不下心来，幸亏灯光昏暗，还说得过去。

当天晚上，我受到了异乎寻常的热情招待。当我喝光了那个中年女招待给我倒上的第一壶清酒时，先前送给

---

1 明治以后到昭和初年流行的妇女西式发髻，用缎带把长发扎起来，既轻便又卫生。

2 坪是日本的面积单位。1坪约合91.8平方厘米。

3 原文为"纸の风船玉"，是日本的一种折纸，即纸折气球。

4 土间：没有铺地板的房间，地面是泥土或三合土，叫作土间。

我一根纸烟的年轻的女招待抽冷子把右手掌伸到我的鼻子尖儿前面。我并没吃惊，慢条斯理地仰起脸，窥视女招待那双小眼珠子的深处。她说："请你为我算命。"我立即了解啦：哪怕我不作声，从我的身体里也会发散出预言家那崇高的韵味。我没有摸女人的手，只是瞟了一眼，嘟哝道："昨天，你的男朋友去世了。"我说中了。因此，我开始受到异乎寻常的热情招待。一个肥胖的女招待甚至称我作"先生"。我给每一个人都看了掌纹。"你十九岁。""你生在寅年。""你爱慕一个极其优秀的男人，因而苦恼。""你喜欢蔷薇花。""你家的狗下了小狗。小狗有六只。"统统说中了。那个身材瘦溜儿、眼睛水灵的中年女招待已经丧失了两个丈夫，我对她这么说罢，眼看着她就低下头去了。我猜中了，难以想象。这使我比任何人都兴奋。我已经喝光了六壶清酒。这时，一个穿着狗皮衬袄的年轻庄稼汉在门口露面了。

庄稼汉在我旁边的桌子前坐下，穿着狗皮衬袄的后背对着我，说："要威士忌。"狗皮衬袄的图案是花斑。由于庄稼汉露面了，充满在我这张桌子的欢天喜地的气氛暂时消失了。对自己已经喝光了六壶清酒这档儿事，我开始后悔啦，好像被针一扎一扎似的。当然，我巴望喝得醉醺醺的，想把今天晚上的快乐大肆宣扬一下。我只能再喝四壶。那可不够啊，就是不够。偷吧！偷威士忌。女招待们会认为我不是由于没有钱才偷的，而是作为预言家开了这么一个离奇的玩笑。她们反而会喝彩。这个庄稼汉也会觉得这不过是醉汉的恶作剧因而苦笑一下而已。偷吧！我伸出手，把旁边那张桌子上的那杯威士忌拿过来，平心静气地一饮而尽。无人喝彩，四下里寂然无声。庄稼汉朝着我，站起来啦。他说："到外边儿。"话音刚落，就走向门口。我也蔫不唧地笑着，跟在庄稼汉后面走。走过装在涂了金粉的镜框中的镜子时，我略微扫了一眼。我是一个度量大的美男子。镜子里可以看到，广告画上的束发女子那约莫一尺宽、二尺长的微笑着的脸。我恢复了心中的平静，蛮有自信地猛然扒拉开薄毛呢门帘儿。

我们两个人站在用黄色的罗马字[1]写着"THE HIMAWARI[2]"的四角屋檐灯下。四个女招待那白净的脸蛋儿浮现在阴暗的门口。

---

1 罗马字：拉丁字母，日文的罗马字拼写法。
2 HIMAWARI：向日葵的日文罗马字母拼写。

我们开始这样争论：

——不要胡来！
——我并没有胡来，只不过是装小孩儿而已。也没关系嘛。
——我是庄稼汉。在我面前装小孩儿，使我生气。

我重新瞧了瞧庄稼汉的脸，脑袋挺小，剪成平头，眉毛蛮淡，单眼皮，三白眼[1]，黝黑的皮肤，个子确实比我矮五寸。我打算支吾到最后。

——我巴不得喝威士忌。看上去很好喝。
——我也想喝呀。那杯威士忌，怪可惜儿了的。要说的，只是这些。
——你是个老实人，多么可爱呀。
——别说狂妄的话。充其量也不过是个学生而已，脸上居然还搽了香粉。
——不过，我还算是个算卦先生呢，是预言家。吃

1　三白眼指庄稼汉的黑眼珠小，白眼球大。

惊了吧?

——别假装喝醉了。给我下跪,赔礼道歉。

——"为了理解我,首先需要勇气。"这话多好啊。我是弗里德里希·尼采。

我望眼欲穿地焦急等待女招待们过来劝阻。然而,她们的脸上通通泛出冷酷的表情,等待着我挨揍。过了一会儿,我就挨揍啦。庄稼汉右手攥成拳头从侧面使劲儿抡过来,我赶紧缩起脖子。我滚到约莫六七十尺[1]外去。庄稼汉的拳头打在我的白线帽子上了。我微笑着,存心慢慢悠悠地走过去捡帽子。由于一连好几天雨雪交加,路上泥泞不堪。我刚蹲下去捡沾满了泥的帽子,就起了逃跑的念头。这样一来能够节省五元。换个咖啡馆,再喝一次。我跑了两三步,滑倒啦。仰面朝天倒在地上,恰似被踩毁了的雨蛙[2]。自己这副丑陋的模样儿使我略微生气。手套、外衣和西服裤,以及斗篷都满是泥巴。我慢条斯理地站起来,抬起头折回到庄稼汉跟前。女招待们包围着庄稼汉,予以保护。自己这边儿,一

---

1 原文为"十間"。一間相当于六日尺至十日尺。
2 常在下雨时鸣叫的小型绿蛙。

个朋友也没有。那确实会唤醒我狂暴的一面。

——要向你致谢。

我嘲笑着这么说罢，扔掉手套，就连价钱更高的斗篷也粗暴地脱掉，抛进烂泥。我对自己那与大时代般配的说词与姿态略微感到满足。但愿有人来劝阻。

庄稼汉非常沉着地脱下狗皮衬袄，把它亲手交给曾经送给我纸烟的漂亮的女招待，然后把一只手伸到怀里。

——别做粗野的事儿。

我摆好姿势提醒他。

庄稼汉从怀里拿出一支银笛。银笛反射屋檐灯的光，亮晶晶的。他把银笛递给那个丧失了两个丈夫的中年女招待。

庄稼汉的善良使我忘其所以。并非在小说中，而是在现实中，我想杀死这个庄稼汉。

——过来！

我喊叫一声，并且用满是泥巴的鞋竭尽全力向上踢庄稼汉的迎面骨。踢倒后，再把那水灵灵的三白眼挖出来。满是泥巴的鞋踢空了。我理会到自己的笨拙，感到悲哀。微温的拳头击中了我的左眼与大鼻子。我瞧见了自己的眼睛喷出通红的火焰。我假装东倒西歪。从我的右耳直到脸蛋儿，啪嚓一声挨了一巴掌。我双手支撑在泥巴里，猛不丁张开大嘴咬住了庄稼汉的一只小腿。小腿蛮硬，那是路边的白杨树桩子。我卧倒在泥泞中，焦躁地巴望马上哇哇地放声大哭。然而，可怜！连一滴眼泪也没流出来。

黑人

黑人被关在笼子里。笼子的面积约莫一坪。黑咕隆咚的旮旯儿摆着一把用圆木料做的凳子。黑人坐在凳子上刺绣。"在这么黑暗的地方，能绣出什么名堂来呢？"少年恰似精明的绅士一般，他的鼻子两边满是皱纹儿，歪着嘴嘲笑。

日本滑稽戏团带来了一个黑人，村庄里马上人声鼎沸。听说他似乎吃人，长着鲜红的犄角，浑身布满了花纹般的斑点。少年压根儿不相信。少年思忖：村庄里的人们也未必真正相信并且散布这些谣传的。由于他们平素过的是无梦的生活，才会在这样的时候随心所欲地炮制传说，假装相信，并且陶醉得忘乎所以。少年每一次听到村庄里的人们那些不费吹灰之力就能捏造出来的谎言，就极端愤恨，捂住耳朵急速跑回家去。少年认为村庄里的人们那些风言风语乃是胡说八道。为什么这些人不说些更重要的事情呢？据说黑人是个女子。

滑稽戏团的乐队在村庄那狭窄的路上缓步前进，连六十秒钟都没用上就把村庄的各个角落都宣传到了。原来这条路的两侧只排列着三座稻草顶的房子。乐队走到村庄的尽头也没停下来，却再三反复吹奏着《萤光曲》[1]，慢慢地踱过芥菜花旱田，然后排成一列沿着正在插秧的稻田往前走。村庄中的每一个人，他们都瞧见了，使众人兴高采烈后，他们遂在桥上走过去，并穿过森林，抵达了离这个村庄半里[2]的邻村。

村庄的东端有一所小学校，小学校的东边是牧场。牧

1　原文"萤の光の曲"。《萤光曲》是以苏格兰民谣为原曲的日本歌曲。

2　日本1里约合3.9公里。

场的面积约莫有一百坪，种满了白花三叶草。两头牛与六头猪正在那儿玩耍。滑稽戏团在牧场搭起深灰色帐篷，充当窝棚。牛和猪被迁移到牧场主的小棚里去啦。

晚间，村庄的人们用手巾把头、脸包起来，两三个人一道走进窝棚。一共有六七十位看客。少年连打带推拨开成年人，到了最前边儿。他把下巴搭在围着圆舞台的粗绳上，安安详详地待着，有时略微闭上眼睛，假装神志恍惚了。

舞台上正在表演。圆木桶。针织品。抽鞭子的声音。还有金线织花的锦缎。瘦骨嶙峋的老马。冗长乏味的喝彩声。碳化钙[1]。大约二十盏乙炔灯按乱七八糟的间隔东一盏、西一盏，挂在窝棚里。夜里的许多昆虫在灯周围纷纷舞弄着。大概是帐篷的布料不够的缘故，窝棚的顶棚上有个十坪左右的大洞，从那儿能够瞧见星光闪耀的天空。

两个男子把黑人的笼子推上舞台，笼子下边仿佛装了轮子，哗啦哗啦地响着滑到舞台上。用手巾把头脸包起来的看客们边怒吼边鼓掌。少年无精打采地扬起眉，安详地观察起

---

1 碳化钙（calcium carbide），又名电石、乙炔化钙。在电炉中加热生石灰和焦炭所得黑色固体，遇水立即发生激烈反应生成乙炔。乙炔可用于照明。

笼子里的动静来了。

少年脸蛋儿上的嘲笑消失啦：刺绣的是太阳旗。少年的心脏怦怦直跳，这跟军人抑或类似军人的想法不同。黑人并没有欺骗他，她确实在刺绣。太阳旗容易绣，在黑暗中摸索着就绣得出来。谢天谢地，这个黑人是一位老实巴交的人。

过了一会儿，穿着燕尾服、留着仁丹胡须的上等艺人告诉看客她大致的经历，然后朝着笼子喊了两声"克鲁丽""克鲁丽"，并且把右手拿着的鞭子雅致地挥了一下。挥鞭的声音尖锐地刺痛了少年的心，他觉得自己忌妒上等艺人。黑人站起来啦。

在挥鞭声的胁迫下，黑人慢慢腾腾地表演了两三个舞蹈化的动作。那是猥狎的动作，除了少年，其他看客不知道。引起他们注目的是：她是否吃人，长没长着鲜红的犄角。

黑人身上只系了一条绿色灯心草做的裙子。她仿佛浑身胡抹乱涂着油脂，无处不发出强烈的光。最后，黑人唱了一段民间小调。上等艺人挥鞭为她伴奏。小调的词儿蛮简单，不过是一个劲儿地唱"贾颂"[1]"贾颂"。少年爱听民间小

---

1 "贾颂"是英语Japan（日本）的音译。

调的回音。无论多么不成体统的用词,只要充满了苦闷的心情,一定会有难受的反应。他这么思忖,又闭紧了眼睛。

当天夜里,少年又想起黑人,玷辱了自己。

次日早晨,少年上学校去了。他跨过教室的窗户,又跳过位于后门的小河,朝着滑稽戏团的帐篷跑去。他从帐篷的缝隙向微暗的里边儿偷偷地瞧。滑稽戏团的人们在舞台上铺满了被褥,恰似芋虫[1]一般睡着。学校的钟洪亮地响了。大概上课了吧。少年没有动。黑人没在那儿睡觉。怎么找也找不到她。学校安静无声了,估计上课啦。第二堂课是《亚历山大大帝[2]与菲利普医师》。"从前欧洲有个叫作亚历山大大帝的英雄。"听见了少女清晰响亮的朗读声音,少年没有动。他相信,那个黑人是个平凡的女子。毫无疑问,平日她从笼子里出来,跟大家伙儿一道玩耍,做洗洗涮涮的活儿,抽纸烟,用日语发脾气。她就是这样一个女子。又听见教师嘶哑的声音:"我相信信赖是美德。同学们,亚历山大

---

1 芋虫,学名叫作科纹夜蛾,蝴蝶、蛾子等的幼虫。

2 亚历山大大帝(Alexander the Great,公元前356—前323),是马其顿国王腓力二世(Philip Ⅱ,公元前382—前336)之子。即位后,他镇压了希腊各城邦的反马其顿运动。亚历山大病死后,在帝国故地相继产生若干"希腊化"国家。

大帝正因为具备了这种美德才保住了生命。"少年依然未动。黑人没有理由不在这儿，笼子必然是空的。少年的肩膀僵硬了。他正这样偷偷地瞧的时候，她会蹑手蹑脚地到他后边儿来，紧紧地抱住他的肩膀。因此，他对背后也未麻痹大意，把肩膀缩得又小又僵硬，这样就适合被搂抱了。黑人准会给少年她亲自刺绣的太阳旗。那时少年没有暴露弱点，决定这么问她："我是第几个？"

黑人没有露面儿。少年离开帐篷，用衣服的袖子拭去狭窄的额上的汗，慢悠悠地走回到学校去。他说："我发烧了，据说肺有毛病。"那位穿着和服裤裙以及高腰鞋的年迈的男教师轻而易举地就被骗了。少年坐下后，依然假装吭哧吭哧地咳嗽。

村庄的人们说，黑人照旧被关在笼子里，又被装进带篷马车离开了村庄。为了保护自己，那位上等艺人衣兜儿里藏着一把手枪。

美男子与香烟

我认为自己是孤零零地奋战过来的,总觉得会战败,非常没有把握。然而,事到如今,我怎能恳求至今一直瞧不起的那些人,对他们说:我错啦,从今以后不必指望我了。我依然独自喝廉价酒,只能继续奋战。

我的奋战,那是一言("一言"也就是"一事"),即与陈腐的东西做斗争,与庸俗的装腔作势做斗争,与司空见惯的讲究排场做斗争,与龌龊的事儿、龌龊的人做斗争。

我甚至对耶和华[1]也可以发誓。为了这场奋战,我把自己的东西统统丢失了。而且,我依然非经常独自喝酒不可,于是认为仿佛快要战败了。

老脑筋的人心术不正。他们东拼西凑、毫无廉耻地列举极其陈腐的文学论、艺术论,来蹂躏新长出来的鼓起浑身勇气的嫩芽。而且,他们看上去丝毫认识不到自己的罪恶,使人不胜惶恐。往前推也罢,往后拽也罢,一点儿也不动。一个劲儿地爱惜生命,爱惜金钱,巴望发迹,好让妻子高兴,因此跟人结成一伙,同伙间互相吹捧,就是通常所说的团结起来,欺负孤苦伶仃的人。

我大概要战败了。

前一天,我在某处喝廉价酒,进来了三个老迈的作家。我并不认识他们,他们却抽冷子把我包围啦。他们酩酊大醉,邋遢到了极点;针对我的小说,发表了完全不对头的恶劣见解。无论喝多少酒,我最讨厌胡言乱语了,尽管笑嘻嘻地当作耳旁风,但回家后吃那蛮迟的晚餐时,由于太窝心了,竟然呜呜咽咽地哭起来了。简直止不住,撂下饭碗和筷

---

[1] 耶和华:来源于希伯来语,希伯来人信奉的犹太教中最高的神。基督教《旧约》中用作上帝的同义词。

子，我忍不住号啕大哭，遂对伺候我吃饭的妻子说：

"我嘛、我嘛，这么拼命地写，他们却把我当成了嘲弄的对象……他们是老前辈，比我大十岁、二十岁。尽管如此，大伙儿竭尽全力巴望否定我。……真卑鄙，耍滑头。……让他们见鬼去吧。我也不再回避啦，会公然谩骂老前辈。要奋战。……太不讲理啦。"

我就这样唠唠叨叨说着不得要领的话，哭得越发厉害了。妻子的脸上浮现出惊讶到极点的神情。她说："喂，你睡觉吧。"

言罢，她把我带到床榻跟前去。躺下后，由于过分气愤我怎么也止不住痛哭流涕。

哎呀！对活着这档儿事可确实感到厌烦。尤其是男子，既痛苦，又悲哀。总之，不拘如何，非奋战不可，而且，还得战胜。

那次气愤得痛哭一场后，过了几天，某家杂志社的年轻记者来了，告诉了我一件玄妙的事儿。

"你想不想看上野[1]的流浪者？"

---

[1] 上野：位于东京都台东区以上野站为中心的一块区域的名称，作为从东京通往东北地方的铁路交通的起点站，素有北大门之称。

"流浪者？"

"欸。想拍一张跟他们的合影。"

"我跟流浪者的合影？"

"是啊。"他冷静从容地回答。

为什么特地选我呢？一提到太宰，就联想起流浪者；一提到流浪者，就联想起太宰。难道有这样的因果关系吗？

"我去。"

我仿佛有这么个习惯：当被气得快要哭了的时候，反而条件反射似的顶撞对方。

我立刻站起来，换上西服，宛若我催促那位年轻记者似的，走出了家门。

那是寒冷的冬天的早晨。我用手绢儿摁住鼻涕，不声不响地走着，心情毕竟闷闷不乐。

从三鹰[1]车站乘省线[2]到东京车站，然后换乘市内电车。那位年轻记者领路，我们先到了总社，一走进会客室，就请我喝威士忌酒。

1　三鹰：三鹰市是日本东京都多摩地区最东边的市，因武者小路实笃、太宰治等许多作家居住而知名。

2　省线：曾是日本国有铁道的经营线路。日本国有铁道1987年被分割民营化。

他们猜想，太宰是个胆小的人，请他喝威士忌酒，让他稍微振作起来，否则必定不能跟流浪者令人满意地对话。也许这是总社编辑部出于一番好意的照顾。坦率地说，这瓶威士忌是极其古怪的东西。我并不想假装文雅。到现在为止，我喝过各种各样奇怪的酒。然而，这是我第一次独自喝威士忌。整洁的酒瓶上贴着蛮时髦的标签，酒液却是浑浊的。可以说是未过滤的威士忌吧。

但是，我依然喝了，咕嘟咕嘟地喝啦。我还劝说聚集在客厅的记者们："喝吧。"可是，他们都皮笑肉不笑地表示不喝。聚集在那儿的记者们大都是好酒贪杯的人，我听闻传言知道的。然而，他们就是不肯喝。了不起的酒豪们对浑浊的威士忌敬而远之。

唯独我喝醉了。我边笑边说："哎呀，你们对不起我。请客人喝那稀奇古怪到你们不肯喝的威士忌，这不是不讲理吗？"记者们认为，太宰快要喝醉了，趁着这股劲儿还没消失，必须让他去跟流浪者见面。可以说是抓住机会，让我上了汽车，把我带到上野车站去了。他们要把我领到被称作流浪者之家的地下通道。

然而，记者们的这个小心谨慎的计划似乎不能说是成功了。我到了地下通道，什么都没看，一直往前走，直到在地下通道的出口附近的烤鸡肉串儿店前边儿，瞧见了四个少年正在抽香烟。我感到非常厌烦，就走过去说：

"别再抽烟啦，抽烟反而会觉得饿。别抽烟了。如果想吃烤鸡肉串儿，我请客。"

少年们乖乖地把吸了半截儿的香烟扔掉啦。他们都是十岁左右、真正的小孩儿。我对那家烤鸡肉串儿店的老板娘说："喂，给这些孩子每人一串儿。"

说罢，我确实感到不同寻常的遗憾。

难道这还算是善行吗？受不了了。我突然想起瓦莱里的话，越发受不了了。

倘若我当时的行为被俗人们多少视为温柔的举止，无论瓦莱里多么轻视我，也毫无办法。

瓦莱里的话：行善时，必须一边赔不是，一边实行。因为没有比善更伤害人的了。

我恰似感冒了，弯腰曲背，迈大步走出了地下通道。

四五位记者，从我后面追来。

"怎么样？简直宛若地狱吧？"

另一位道："反正是另外一个世界嘛。"

又一位问道："你害怕了吧？有什么感想呢？"

我哈哈大笑，回答道："地狱？绝不是。我一点儿都没害怕。"

说罢，我们就朝上野公园走去。一路上，我们喋喋不休地聊个没完。

"其实，我什么也没看。我只考虑自己的痛苦，一个劲儿地向前边儿瞧，急忙走过地下通道而已。不过，我明白了你们为什么特地把我选出来，让我看地下通道。毫无疑问，因为我是一位美男子。"

大家伙儿哄堂大笑。

"不，我没开玩笑。你们没注意到吗？我一个劲儿地朝前边儿走，发现了随便横卧在阴暗旮旯儿的流浪者几乎统统是五官端正的美男子。也就是说，美男子潦倒失意到过起地下生活的境地的可能性极多。你的皮肤白嫩，是一位美男子，令人担心，要注意，我也注意。"

大家伙们再度哄堂大笑。

自我陶醉，自我陶醉，不管人家说什么，依然自我陶醉。恍惚间觉得，我已横卧在地下道路的旮旯儿，好像已经不是人啦。我不过是逛了一回地下通道，就浑身颤抖了。

记者问道:"美男子这档儿事姑且不论,你还发现了什么吗?"

我回答道:"是香烟。那些美男子,似乎统统不是醉鬼,几乎全都抽香烟。香烟也并不便宜吧。既然有买香烟的钱,就足够买一条席子或一双木屐的了。他们贴身睡在水泥地上,赤足,而且抽着香烟。人嘛,不,现在的人嘛,生活在最底层,哪怕赤身裸体,也非抽烟不可。绝不能认为事不关己。我总觉得自己也有过这样的念头。我逛了一趟地下通道,仿佛终于增加了些现实性的色彩。"

我走到上野公园前边的广场。头会儿的四名少年在冬季那正午的阳光照射下,高兴地闹着玩儿。我理所当然、晃晃荡荡地挨近了少年们。

"请不要动,请不要动。"

一位记者把照相机对准了我们,呼喊道,并且咔嚓一声按了快门儿。

"这一次请笑一笑!"

那位记者瞧着镜头,再度呼喊道。

一位少年,看着我的脸,说:

"互相看着就会忍不住笑起来啦。"

他说罢，嘻嘻地笑，我也受到影响，笑了。

天使在空中飞舞，按照神的意愿，翅膀消失了，仿佛降落伞那样，飞落下来，落在世界上的各个地方。我飘落到北国的雪上，你飘落到南国的橘子园里，而这些少年降落到上野公园里。只不过有这么一点儿区别。今后一个劲儿地成长的少年们，务必别关心自己的容貌，别抽烟，别喝酒——除非过节；而且，耐心地恋慕怯生生而略微好打扮的姑娘吧。

附记

当时拍摄的照片，后来记者带来交给我了。相视而笑的照片，还有一张我蹲在流浪儿们前面，抓住一个流浪儿的脚——这张照片的姿势蛮奇妙。倘若将来刊登在杂志上，会引起使人恶心的误解：太宰是个令人作呕的家伙，假装是耶稣，模仿耶稣在《约翰福音》中洗门徒的脚的举止[1]。因

---

1 耶稣知道父已将万有交在他手里，且知道自己是从神出来的，又要归到神那里去，就离席站起来，脱了衣服，拿一条手巾束腰，随后把水倒在盆里，就洗门徒的脚，并用自己所束的手巾擦干。轮到西门彼得，彼得对耶稣说："主啊，你洗我的脚吗？"耶稣回答说："我所做的，你如今不知道，后来必明白。"见《圣经》研用本，《约翰福音》第1283页。

此，我说明一句：我只不过是巴望了解光着脚丫子走路的小孩儿的脚心究竟变成什么样了，才出于好奇心，把自己弄成那个模样儿的。

我再补充一个笑话吧。收到那两张照片时，我把妻子叫来，告诉她："这是上野的流浪者。"

妻子认真地说："嗬，这是流浪者吗？"她仔细地瞅着照片。我不经意看到妻子凝视的地方，感到意外，遂说："你瞧的时候，误会了什么？那是我啊，是你的丈夫啊。流浪者是另外的那个人。"

妻子的神情过于耿直，和这位女子简直开不了玩笑，大概把我的身影看错为流浪者啦。

译者后记

太宰治（1909—1948），是知名日本小说家，原名津岛修治，生于青森县一个大地主家庭。父亲叫津岛源右卫门，曾任众议院议员、贵族院议员。上中学时，太宰治就有当作家的志愿，1930年入东京大学法语系，一度参加左翼运动。

1935年他以《小丑之花》在文坛上崭露头角。

1948年长篇小说《人间失格》写一个自幼心理受伤的男子，在成长过程中心理逐渐扭曲，最终导致人生悲剧的故事。该小说出版后，被认为有作者自己的人生经历的影子。

太宰治的作品基调阴郁，然而有时候也以接近闹剧的幽默著称。第二次世界大战后期（1941—1945），太宰治几乎是日本唯一继续发表真正有文学价值的作品的作家。第二次世界大战结束后，出版界充满了生机，太宰治转瞬间就成了流行作家。他的代表作是《斜阳》（1947）、《维庸之妻》（1947）、《人间失格》（1948）。太宰治的作品与不少作家的小说一样，大多表现活着只不过是追求官能享乐的思想。后来他逐渐倾向于写私小说（身边小说），因而从其作品中大部分人的身上能够瞧见太宰治本人的影子。

1939年，太宰治与石原美知子结婚，此后度过平生最和睦、快活的岁月。由于过度疲劳，酒喝得过多，以致心力衰竭。1948年6月13日，他与读者山崎富荣在玉川上水投水自杀。19日找到了遗体。他的坟墓位于东京三鹰的禅林寺。

文洁若

2020年4月3日